묵동기담/스미다 강

濹東綺譚/すみだ川

永井荷風

대산세계문학총서 140

묵동기담/스미다 강

濹東綺譚 / すみだ川

나가이 가후 지음 — 강윤화 옮김

문학과지성사

대산세계문학총서 140_소설

묵동기담/스미다 강

지은이 나가이 가후
옮긴이 강윤화
펴낸이 주일우
펴낸곳 ㈜문학과지성사
등록번호 제1993-000098호
주소 04034 서울 마포구 잔다리로7길 18(서교동 377-20)
전화 02) 338-7224
팩스 02) 323-4180(편집) 02) 338-7221(영업)
전자우편 moonji@moonji.com
홈페이지 www.moonji.com

제1판 제1쇄 2016년 12월 30일

ISBN 978-89-320-2944-3
ISBN 978-89-320-1246-9 (세트)

이 도서의 국립중앙도서관 출판예정도서목록(CIP)은 서지정보유통지원시스템 홈페이지(http://seoji.nl.go.kr)와
국가자료공동목록시스템(http://www.nl.go.kr/kolisnet)에서 이용하실 수 있습니다.
(CIP제어번호: CIP2016031093)

이 책은 대산문화재단의 외국문학 번역지원사업을 통해 발간되었습니다.
대산문화재단은 大山 愼鏞虎 선생의 뜻에 따라 교보생명의 출연으로 창립되어
우리 문학의 창달과 세계화를 위해 다양한 공익문화사업을 펼치고 있습니다.

차례

일러두기

1. 이 책은 永井荷風의 濹東綺譚(東京: 岩波書店, 2011)과 **すみだ川**(東京: 岩波書店, 2012)를 우리말로 옮긴 것이다.
2. 본문의 주는 모두 옮긴이의 것이다.
3. 맞춤법과 외래어 표기는 1989년 3월 1일부터 시행된 「한글 맞춤법 규정」과 『문교부 편수자료』『표준국어대사전』(국립국어연구원)을 따랐다.

묵동기담

1

나는 활동사진을 보러 간 적이 거의 없었다.

어렴풋한 기억을 되짚어보니 메이지* 30년경이었을 것이다. 간다 니시키초에 있던 대석(貸席) 긴키칸**에서 샌프란시스코의 시가지 광경을 찍은 걸 본 일이 있었다. 활동사진이라는 말이 생긴 것도 아마 그 무렵이었을 것이다. 그로부터 40여 년이 흐른 오늘날, 활동이라는 말은 이미 유행이 지나 다른 말로 대체된 듯하지만 처음 접한 표현이 더 익숙하고 말하기가 편하니 나는 여기에서도 예전의 폐어를 그대로 쓰겠다.

대지진*** 이후, 우리 집에 놀러 온 청년 작가 한 명이 시대의 흐름에 뒤처지면 안 된다며 나를 끌고 아카사카 다메이케의 활동사진관에 데려

---

* 1868~1912년 사이를 가리키는 일본의 연호.
** 1891년에 문을 연 일본의 영화관. 본래 모임 장소 대관 등을 목적으로 개업한 곳이었다가 1897부터 영화를 상영했는데, 이것이 도쿄에서의 첫 영화 상영으로 기록되어 있다. 1918년에 화재로 소실되었다.
*** 1923년 간토 대지진.

간 적이 있었다. 잘은 몰라도 당시 평판이 좋은 작품이라고 했는데, 나중에 보니 모파상의 단편소설을 각색한 것이었다. 나는 그런 거라면 사진을 볼 필요도 없이 원작을 읽으면 되는 일이다, 그편이 훨씬 재미있다고 말했다.

그렇지만 요새 사람들은 젊은이든 늙은이든 모두가 활동사진을 즐겨 보며 일상적인 이야깃거리로 삼고 있으니, 나도 다른 사람들이 어떤 이야기를 하는지 정도는 알아둬야겠다는 생각에 활동사진관 앞을 지날 때마다 간판 그림과 제목을 유심히 살펴보려 노력하고 있다. 간판을 쭉 훑다 보면, 사진을 직접 보지 않아도 내용을 어떻게 각색했는지도 짐작이 갔고 어떤 장면이 인기가 많은지도 알 수 있었다.

활동사진 간판이 가장 많이 모여 있는 곳은 아사쿠사 공원이다. 그곳에 가면 모든 종류의 간판이 한눈에 보이고, 자연스레 걸작인지 졸작인지 비교할 수도 있었다. 나는 시타야라든지 아사쿠사* 방면으로 외출할 때면 일부러라도 공원에 꼭 들어간 다음, 연못가를 산책했다.

저녁 바람이 점차 차가워지던 어느 날의 일이다. 한 집 한 집, 입구의 간판을 다 살펴본 후 공원 끝을 통해 센조쿠마치로 나왔다. 오른쪽으로는 고토토이 다리가, 왼쪽으로는 이리야마치가 이어져 어느 쪽으로 갈까 고민하며 걷는 사이, 마흔 전후로 보이는 낡은 양복의 사내가 불쑥 옆에서 튀어나오더니 말했다.

"나리. 소개해드릴깝쇼. 어떻습니까?"

"아니, 고맙지만 됐네." 나는 걸음을 조금 서둘렀다.

사내가 따라붙었다. "절호의 기회입니다요. 엽기적이고요, 나리."

---

* 예전에는 시타야 구와 아사쿠사 구로 나뉘어 있었는데, 1947년에 합병되어 다이토 구로 이름이 바뀌었다.

"됐대도. 요시와라*에 가는 길이네."

폰비키라 불러야 할지 겐지라 불러야 할지** 모르겠지만 어쨌든 이 수상쩍은 사내를 떨쳐낼 요량으로 요시와라에 간다며 둘러댄 말이, 오히려 특별한 목적지가 없던 산책의 방향을 결정해주었다. 길을 걷던 중, 나는 둑 아래 뒷골목에 내가 아는 헌책방이 있다는 사실을 떠올렸다.

그 헌책방은 산야보리***의 물줄기가 지하 수로로 들어가는 부근에서 시작되어 오몬마에 니혼즈쓰미 다리 옆으로 나오기까지 이어지는 어스름한 뒷골목에 있었다. 뒷골목에는 물길을 따라 길 한쪽에만 건물들이 늘어서 있고, 반대편 절벽에는 돌담 위로 인가의 뒷모습만이 이어졌다. 이쪽 길에는 토관, 기와, 강모래, 목재 등을 취급하는 도매상이 인가들 사이사이로 널찍하게 자리하고 있었지만, 길을 따라 수로의 폭이 좁아지면 점차 작고 가난한 집들이 많아졌다. 밤이면 수로에 놓인 쇼호지, 산야, 지카타, 가미아라이 같은 다리들의 등불만이 간신히 거리를 비출 뿐. 수로도 끝나고 다리도 사라지고 나면, 사람들의 발걸음도 함께 끊기고 말았다. 이 주변에서 비교적 늦은 밤까지 불이 켜져 있는 집은 그 헌책방과 담배를 파는 잡화점 정도일 것이다.

나는 헌책방의 이름은 몰라도 가게에 쌓인 물건들은 거의 알고 있었다. 창간 당시의 『문예구락부』나 오래된 『야마토신문』의 야담 부록이 있는 날이면, 뜻밖의 수확을 한 셈이었다. 그러나 내가 일부러 먼 길을 돌

---

* 현재 도쿄 니혼바시닌교초에 해당되는 지역으로 에도 시대의 유곽 밀집 지역. 요시초라고도 불림. 메이지 시대에 들어서며 해방령이 내려졌으나 지금까지도 성 관련 업소들이 자리하고 있다.
** 폰비키나 겐지 모두 사창가에서 손님을 끌어들이는 사람을 가리킨다.
*** 도쿄의 이마도에서 산야까지 이어지는 수로. 신요시와라 유곽으로 통하는 배가 다니는 길로 사용.

아가며 이 가게에 들르는 것은 헌책을 사기 위해서가 아니라, 헌책을 파는 주인의 인품과 유곽 뒷골목에서 풍겨오는 정취를 느끼기 위해서였다.

주인은 머리를 깔끔하게 민 작은 체구의 노인으로, 나이는 물론 예순을 넘겼다. 얼굴 생김새나 태도, 말투에서부터 기모노를 입고 있는 모습에 이르기까지, 도쿄의 시타마치* 토박이의 풍속을 하나도 잃지 않고 그대로 간직하고 있다는 것이 내 눈에는 그 어떤 진귀한 고서들보다도 훨씬 존귀하고 그립게 느껴졌다. 지진이 일어나기 전까지만 해도, 연극이나 만담 극장의 분장실에 가면 이런 도쿄 시타마치의 노인들을 한두 사람 정도 만날 수 있었다. 예를 들면 오토와야**의 하인인 도메 노인이나, 다카시마야***에서 일하던 이치조 노인 같은 이들인데 지금은 모두 세상을 떠나버렸다.

내가 가게 앞 유리문을 열 때면, 헌책방 주인은 언제나 가게 안쪽 장지문 옆에 똑바로 앉아 동그란 등을 약간 비스듬히 바깥으로 내민 자세로, 코끝에 걸쳐 있어 떨어지기 일보 직전인 안경에 의지해 무언가를 읽고 있었다. 내가 가게에 가는 시간도 거의 저녁 일고여덟 시로 일정했지만 그때마다 마주하는 노인의 모습도, 앉은 자리도 대체로 같았다. 문을 여는 소리가 나면 노인은 허리를 숙인 채 고개만 슬쩍 이쪽으로 돌리고 "어라, 어서 오세요"라며 안경을 벗었다. 그리고 엉거주춤 일어나 방석의 먼지를 팡팡 털어내고는 마치 기어가는 것 같은 자세로 방석을 바닥에 깔며 정중하게 인사한다. 그 말투도 모습도, 역시 판에 박

---

* 예전에는 무관들이 사는 고지대를 야마노테, 서민들이 살고 상공업이 성행한 저지대를 시타마치라고 부름.
** 가부키 배우 오노에 기쿠고로와 그 일문을 일컫는 말.
*** 가부키 배우 이치카와 우단지와 그 일문을 일컫는 말.

은 것처럼 똑같았다.

"여전히 아무것도 없습니다. 특별히 보여드릴 만한 물건은 말입죠. 아, 맞다. 그러고 보니 『방담잡지』가 있었군요. 전부 다 있는 건 아니지만."

"다메나가 슌코*의 잡지 말인가?"

"예에. 맨 첫번 것이 딸려 있으니 괜찮을 듯합니다. 어라라, 어디다 뒀더라." 노인이 벽을 따라 쌓아둔 낡은 책들 사이에서 합본 대여섯 권을 꺼내 양손으로 탈탈 먼지를 털어내곤 건네주기에 받아들었다.

"메이지 12년에 나왔다고 적혀 있네. 이 시절의 잡지를 보다 보면, 수명이 늘어나는 것 같은 느낌이 들어. 『노문진보』도 전권이 다 있으면 좋을 텐데."

"가끔 들어오기는 하는데, 거의 낱권으로만 있어서 말입니다. 나리, 『화월신지』는 갖고 계십니까?"

"갖고 있네."

유리문이 열리는 소리에 주인과 함께 뒤를 돌아보자 예순 남짓으로 보이는 노인이 들어왔다. 대머리에 볼이 홀쭉하고 궁상맞은 느낌의 남자는 더러운 줄무늬 보자기를 가게 앞에 쌓아둔 헌책들 위에 내려놓으며 말했다.

"자동차는 진짜 질색이라니까. 오늘은 하마터면 죽을 뻔했네."

"편리하고 저렴하고 정확하고. 그만한 것도 드문데 말이야. 그나저나 자네 어디 다치진 않았고?"

"부적이 대신 부서진 덕인지 다치지는 않았어. 부딪친 건 앞에 가던 버스랑 엔타쿠**였지. 다시 생각해도 소름이 다 돋네. 실은 오늘 하토가

---

* 爲永春江(1813~1889): 에도 시대 후기~메이지 시대의 극작가.
** 다이쇼(1912~1926년) 말기부터 쇼와(1926~1989년) 초기까지 1엔의 균일 요금으로

야 시장에 다녀왔는데 말이야. 기묘한 물건을 좀 사 왔네. 옛 물건이라는 건 참 좋아. 당장은 사 갈 사람이 없어도 보는 것만으로 즐거워지거든."

대머리 노인은 보자기를 풀어헤치며 여자의 물건인 것으로 보이는, 무늬가 자잘하게 들어간 홑겹 옷과 소매와 몸통 부분을 서로 다른 천으로 만든 나가주반*을 꺼내 보였다. 자잘한 무늬의 홑겹 옷은 회색의 오하마치리멘**이라는 비단으로 만들어져 있었고, 나가주반의 소매에 쓰인 유젠 염색법***도 조금 특이하기는 했지만 둘 다 메이지유신 전후의 물건으로 특별히 오래된 것 같아 보이지는 않았다.

그러나 우키요에****의 육필물을 꾸밀 때나 요새 유행하는 것처럼 문갑의 안쪽에 덧댈 때, 혹은 통속소설 표지를 쌀 때 쓰면 괜찮겠다 싶어, 나는 헌 잡지의 값을 치르며 충동적으로 나가주반을 함께 사들였다. 그리고 까까머리 주인이 『방담잡지』의 합본과 함께 종이 꾸러미로 싸주는 것을 들고는 밖으로 나왔다.

니혼즈쓰미를 오가는 버스를 타려고 얼마간 오몬마에의 정류장에 서 있었지만 지나가는 엔타쿠들이 말을 거는 것이 성가셨다. 그래서 원래 왔던 뒷골목으로 돌아가 전차나 엔타쿠가 지나지 않는 어스름한 길만을 골라골라 걷다 보니, 마침 나무 사이로 고토토이 다리에 걸린 등불이 들이비치는 곳까지 오게 되었다. 강 근처의 공원은 어수선하다는 이야기를 들은 적이 있어 끝까지는 가지 않고, 전등이 밝게 비추는 좁은

달리던 택시.
  * 기모노의 겉옷과 길이가 같은 속옷. 화려한 무늬가 특징. 나가지반이라고도 함.
 ** 시가 현 나가하마에서 제조되는 질기고 고운 비단으로 주로 전통 부인복에 사용된다.
*** 날염법의 한 가지. 방염 풀을 사용해 비단 등에 꽃과 새, 산수 등의 무늬를 화려하게 염색하는 방법.
**** 에도 시대에 유행한 풍속화. 주로 화류계 여성이나 연극배우 등을 소재로 했다.

길을 따라 둘러쳐진 사슬 위에 걸터앉았다.

실은 여기에 오다가 중간에 식빵과 통조림을 사서 보자기에 싸놓았다. 헌 잡지와 헌옷도 함께 싸보려 했지만, 보자기가 조금 작았던 탓인지 딱딱한 물건과 부드러운 물건을 같이 넣는 것이 좀처럼 쉽지 않았다. 결국 통조림만 따로 빼서 외투의 호주머니에 넣고, 남은 물건들은 한데 모으는 편이 들고 다니기 편할 듯하여 잔디 위에 보자기를 쫙 펼쳤다. 어떻게 싸면 좋을까 고민을 하던 중, 갑자기 뒤쪽의 나무 그늘에서 "어이, 뭐하고 있는 거야"라는 말과 함께 긴 서양칼을 든 순사가 모습을 드러내며 원숭이처럼 긴 팔을 뻗더니 내 어깨를 붙들었다.

나는 아무 대답도 하지 않고 조용히 보자기의 매듭을 고쳐 매고 일어섰다. 순사는 그마저도 기다려줄 수 없다는 듯 뒤에서 내 팔꿈치를 찌르며 말했다. "저쪽으로 가."

공원의 좁은 길을 바로 빠져나와 고토토이 다리 옆으로 나오자 순사는 큰 길 건너편에 있는 파출소로 나를 데려가, 보초 당번을 서고 있던 다른 순사에게 인도하고는 바쁘다는 듯 그대로 어디론가 사라지고 말았다.

파출소 앞에 있던 순사는 입구에 선 채 신문을 시작했다. "이 시간에 어디서부터 오는 길이지?"

"저어쪽에서 왔는데요."

"저어쪽이 어딘데."

"수로 쪽."

"어느 수로."

"마쓰치야마 기슭에 있는 산야보리라는 강이죠."

"이름은 어떻게 되지?"

"오에 다다스." 대답을 듣자마자 순사가 수첩을 꺼내 들기에 설명을 덧붙였다. "다다스(匡)는 튼입구몸 부수에 임금 왕 자를 씁니다. '한 번 천하를 바로잡다'라는 뜻으로, 『논어』에 있는 글자죠."

순사는 조용히 하라는 듯 내 얼굴을 노려보더니, 갑자기 손을 뻗어 내 외투의 단추를 풀고 옷을 뒤집었다.

"가문 표시는 없구먼." 순사는 계속해서 상의도 뒤집어보려 했다.

"표시라니 무슨 표시 말입니까." 나는 보자기를 바닥에 내려놓고 상의와 조끼의 가슴 부분을 한 번씩 펼쳐 보였다.

"주소는?"

"아자부 구 오탄스마치 1번가 6번지."

"하는 일은?"

"아무것도 안 하는데요."

"무직인가? 나이는 어떻게 되지?"

"기묘년생입니다요."

"그러니까 몇 살이냐고."

"메이지 12년, 기묘년." 거기까지만 말하고 가만히 있어볼까 했지만 후환이라도 있을까 두려워 이어 말했다. "쉰여덟."

"엄청 젊어 보이는구먼."

"헤헤헤헤."

"이름은 뭐라고 했지?"

"아까 말했잖습니까. 오에 다다스라고."

"가족은 몇 명인데."

"세 명." 사실은 혼자 살지만 여태까지의 경험상, 혼자 산다고 말하면 더 의심을 하는 경향이 있기에 세 명이라 답한 것이었다.

"세 명이라면, 부인이랑 또 누구." 순사는 내 대답을 제멋대로 해석

했다.

"마누라랑 어머니랑."

"부인은 나이가 어떻게 되지?"

조금 당황했지만 4, 5년 전까지 잠시 만났던 여자를 떠올리고는 얼른 둘러댔다. "서른한 살. 메이지 39년 7월 14일생. 병오년……"

만약 이름까지 물어보면 내 소설에 나오는 여자의 이름을 대려 했지만, 순사는 아무 말 없이 내 외투와 양복 주머니를 위에서부터 눌러보며 물었다.

"이건 뭐지?"

"파이프랑 안경."

"음. 이건?"

"통조림."

"이건 지갑이군. 안에 좀 보지."

"돈이 들어 있는데요."

"얼마나 있는데?"

"글쎄요. 2, 30엔 정도 있을 텐데."

순사는 지갑을 뺏어 들기는 했지만, 속은 들여다보지 않고 전화기 아래의 탁자 위에 올려두었다. "그 꾸러미는 뭐지? 여기 들어와서 풀어봐."

보자기를 풀자 종이에 싸둔 식빵이나 헌 잡지가 나온 것까지는 괜찮았다. 그런데 헌 나가주반의 화려한 한쪽 소매가 툭 하고 떨어지자마자 순사의 태도와 어조가 순식간에 바뀌었다.

"어이. 이상한 물건을 들고 다니는데?"

"아니, 하하하하하." 나는 웃기 시작했다.

"이거 여자 옷 맞지?" 순사는 손끝으로 나가주반을 들어 불에 비춰보며 내 얼굴을 노려보았다. "어디서 났지?"

"헌옷 방에서 가져왔는데요."

"왜 가져온 건데?"

"돈 주고 산 겁니다."

"그게 어디에 있는 헌옷 방인데?"

"요시와라의 오몬마에."

"얼마 주고 산 거지?"

"3엔 70센."*

순사는 나가주반을 탁자 위에 내던지며 아무 말 없이 내 얼굴을 보고 있었다. 분명 경찰서로 끌고 가 유치장에 처넣겠구나라고 생각하니, 처음에 그랬던 것처럼 장난을 칠 용기가 사라졌다. 나도 순사의 표정을 주시하며 기다리자, 순사는 여전히 입을 다문 채 내 지갑을 뒤지기 시작했다. 지갑 안에는 넣어둔 것조차 잊고 있던, 접힌 마디가 찢어진 화재보험의 임시 증서와 언젠가 필요해서 갖고 다니던 호적초본과 인감증명서, 인감도장이 있었다. 순사는 조용히 서류들을 한 장 한 장 펼쳐보고는, 인감도장을 들어 글씨가 새겨진 부분을 등불에 비추며 살펴보았다. 꽤 오래 걸리기에 나는 입구에 선 채 도로 쪽으로 시선을 돌렸다.

도로는 파출소 앞에서 대각선으로 두 갈래로 나누어져 그중 하나는 미나미센주 쪽으로, 또 하나는 시라히게 다리 쪽으로 이어지는데, 이와 교차해서 아사쿠사 공원 뒤의 큰 길이 고토토이 다리를 건너게 되어 있어 밤중인데도 차들이 많았다. 하지만 어째서인지 내가 신문을 받고 있

---

* 錢: 센은 엔(円)의 100분의 1.

는 걸 수상히 여기어 멈춰 서는 사람은 한 명도 없었다. 건너편 모퉁이에 있는 셔츠 가게에서 안주인인 듯한 여자와 나이 어린 점원이 이쪽을 쳐다보기는 했지만, 의심이라곤 전혀 하지 않는 듯 그저 가게 문을 닫으려 하고 있었다.

"어이. 이제 됐으니까 다 집어넣어."

"특별히 필요한 것도 아니니까요……" 나는 투덜거리며 지갑을 챙기고 보자기를 원래대로 묶었다.

"이제 다 된 거죠?"

"그래."

"수고하셨습니다." 나는 입이 닿는 부분을 금종이로 두른 웨스트민스터 담배에 성냥으로 불을 붙여, 냄새라도 맡으라는 듯 파출소 안으로 연기를 불어 넣고는, 발걸음이 닿는 대로 고토토이 다리 쪽으로 걸어갔다. 나중에 생각해보니 호적초본과 인감증명서가 없었더라면 분명 그날 밤에는 유치장 신세를 면치 못했을 것이다. 애당초 헌옷은 재수가 없는 물건이 아닌가. 헌 나가주반이 화근이 될 뻔한 것이다.

2

'실종'이라고 제목을 붙인 소설의 구상을 마쳤다. 만약 완성하게 된다면 이 소설은 내 생각에도 그리 부족하지는 않을 거라는 약간의 자신감마저 드는 작품이었다.

소설에 등장하는 주요 인물의 이름은 다네다 준페이라고 지었다. 나이는 쉰 살 정도. 사립 중학교의 영어 교사다.

다네다는 사랑하는 아내를 먼저 저세상으로 보낸 뒤 3, 4년쯤 지나 후처 미쓰코를 맞이한다.

미쓰코는 이름 있는 정치인 아무개의 집에 고용되어, 부인의 잔시중을 드는 몸종이 되었다가 주인에게 속아서 임신을 하고 만다. 주인집에서는 집사 엔도를 시켜 뒷일을 정리토록 한다. 그 조건은 미쓰코가 아무 문제없이 출산을 하면 20년간 매월 50엔씩 아이의 양육비를 보내겠다, 대신 아이의 호적에 대해 주인집은 전혀 관여하지 않겠다, 또한 미쓰코가 다른 집에 시집을 갈 경우에는 상당한 수준의 지참금을 보내기로 하겠다는 내용이었다.

미쓰코는 집사 엔도의 집에 머물며 사내아이를 낳았고, 출산한 지 60일도 채 지나지 않았을 때 엔도의 중매로 중학교 영어 교사인 다네다 준페이의 후처가 된다. 그때 미쓰코는 열아홉, 다네다는 서른이었다.

다네다는 첫 아내를 잃은 후부터는 박봉의 생활에 그 어떤 희망도 품지 않았다. 중년에 가까워지면서 기력도 없고 그림자 같은 사람이 되어 있었지만, 옛 친구 엔도의 설득을 듣다 보니 갑자기 미쓰코 모자의 돈에 마음이 혹해 재혼을 하게 된다. 그때 아이는 아직 갓난쟁이여서 출생신고도 하지 않은 상태였기에, 엔도는 미쓰코 모자의 호적을 함께 다네다의 집으로 옮긴다. 그런 까닭에 호적만 보면 다네다 부부는 오랜 기간 내연의 관계를 이어오다가 장남이 태어난 것을 계기로 혼인신고를 올린 것처럼 보였다.

2년 후 여자아이가 태어나고, 또 이어서 남자아이가 태어난다.

겉으로 보기에는 장남이지만 실질적으로는 미쓰코가 데려온 아이인 다메토시가 성년이 되자, 숨겨진 친아버지가 오랜 세월에 걸쳐 어머니 미쓰코에게 보내던 교육비가 끊긴다. 약속한 기한이 다 되었기 때문만은 아니었다. 친아버지가 몇 해 전 병에 걸려 세상을 떠났고, 그 부인도 함께 사망한 탓이었다.

장녀 요시코와 막내 다메아키가 자라며 생활비는 더 많이 들게 되었고, 다네다는 야간학교 두세 곳을 동시에 다녀야만 했다.

장남 다메토시는 사립대학에 다니다가 운동선수가 되어 서양으로 건너간다. 여동생 요시코는 여학교를 졸업하자마자 활동사진 여배우가 되어 인기 스타가 되었다.

후처 미쓰코는 결혼할 당시에는 매우 귀엽고 동글동글한 얼굴이었지만 어느새인가 살이 찌면서 아줌마가 다 된 데다, 이제는 니치렌종*에 푹 빠져 신도 단체의 위원으로 올라 있었다.

다네다의 집은 어떤 때는 마치 종교 집단의 집합소, 어떤 때는 여배우들이 놀다 가는 곳, 또 어떤 때는 운동선수들의 연습장이 되기도 했다. 어찌나 소란스러웠는지 부엌에서 쥐도 나오지 않을 정도였다.

다네다는 원래 소심하고 사람을 사귀는 것이 서툰 성격이었기에, 나이가 들자 아내의 요란스러움을 더는 견디지 못하게 된다. 아내와 아이들이 좋아하는 것은 모조리 다 다네다가 좋아하지 않는 것들뿐이었다. 다네다는 가족에 대해서는 애써 생각을 하지 않으려 했다. 자신의 아내와 아이들을 그저 차갑게 바라보는 것만이 소심한 아버지의 작은 복수였다.

쉰한 살이 되던 해의 봄, 다네다는 교사 자리에서 물러난다. 퇴직수당을 받던 그날 다네다는 집에 돌아오지 않았고 종적을 감춰버린다.

그보다 먼저 다네다는 한때 집에서 하녀로 일하던 스미코와 우연스레 전차 안에서 해후하게 되는데, 그녀가 아사쿠사 고마카타마치의 카페에서 일하고 있다는 것을 알게 되자 한두 번 찾아가 맥주를 마시기도 했다.

퇴직수당을 품에 지니고 있던 그날 밤. 다네다는 처음으로 여급 스미코가 방을 빌려 사는 아파트로 찾아가 사정을 털어놓고 하룻밤을 묵게 된다……

*

이다음부터 어떻게 이야기의 결론을 내면 좋을지, 나는 아직도 마

---

* 日蓮宗: 일본 불교의 종파 중 하나.

음을 정하지 못하고 있었다.

　가족들이 수색 요청을 한다, 다네다가 형사에게 붙들려 훈계를 듣는다. 중년이 지난 후에 배운 도락은 예로부터 '오후 4시를 지나 내리는 비'처럼 쉽게 끊을 수 없다고 하니 다네다의 말로는 당연히 어떤 방향으로든 비극적으로 그릴 수 있을 것이다.

　나는 다네다가 추락해가는 과정과 순간순간의 감정에 대해 계속 여러모로 고민 중이었다. 형사에게 끌려갈 때의 심정, 아내와 자식들에게 인도되었을 때의 당혹감과 면목 없음. 그 입장이 되어보면 어떤 기분이 들까. 나는 산야의 뒷골목에서 여자의 헌옷을 사서 돌아오던 길에 순사에게 붙잡혀 길거리 파출소에서 삼엄한 신원 조사를 받은 적이 있었다. 이때의 경험은 다네다의 심리를 묘사하기에 매우 적절한 자료였다.

　소설을 쓰면서 내가 가장 신이 나는 부분은, 작중인물의 생활이나 사건이 전개되는 장소를 고르고 그곳을 묘사하는 일이었다. 나는 종종 인물의 성격보다도 배경을 묘사하는 데에 무게를 더 많이 둬버리는 오류를 범하기도 했다.

　예전에는 명승지였지만 대지진이 일어난 후에 새로이 마을이 지어져 옛 모습을 완벽하게 잃어버린 도쿄 시내의 모습을 묘사하고 싶었기에, 나는 다네다 선생이 숨어 지내는 장소를 혼조나 후카가와 혹은 아사쿠사의 주변부, 아니면 거기서 가까운 옛 군부의 지저분한 뒷골목으로 설정하기로 했다.

　그때까지 몇 번 산책을 나간 적이 있기에 스나무라, 가메이도, 고마쓰가와, 데라지마마치 주변의 풍경에 대해서는 어느 정도 알고 있다고 생각했지만, 막상 붓을 들려고 하면 갑자기 관찰이 부족하다는 생각이 들었다. 예전(메이지 35~36년경)에 나는 후카가와의 스사키 유곽의 창기를 주제로 소설을 썼던 적이 있다. 그때 지인이 그 소설을 읽고, "스사키 유곽의 생활을 묘사하면서 8, 9월경의 폭풍우나 쓰나미를 묘사하지 않은 것은 크나큰 실수네. 작자 선생이 자주 가던 기노에네로의 시계탑이 바람에 쓰러진 것도 한두 번이 아닌데"라는 말을 했다. 배경을 정밀하게 묘사하기 위해서는 계절이나 기후에도 주의를 기울여야 했다. 예를 들자면 라프카디오 헌* 선생의 명작인 『치타』나 『유마Youma』처럼.

6월이 끝나가던 어느 날 저녁이었다. 장마는 아직 끝나지 않았지만 아침부터 맑게 개어 있던 하늘은 날이 길어진 탓인지 저녁 식사를 마친 후에도 해가 질 기미가 보이지 않았다. 나는 젓가락을 내려놓자마자 밖으로 나와 멀리 센주든 가메이도든, 어디라도 발길 닿는 대로 가보려고 우선은 전차로 가미나리몬까지 갔다. 그런데 마침 그때 도착한 것이 데라지마 다마노이로 향하는 버스였다.

아즈마 다리를 건너 넓은 길에서 왼쪽으로 꺾어 겐모리 다리를 건너고, 수직으로 아키바 신사 앞을 지나 또 잠시 가다가 버스는 선로 건널목에 멈춰 섰다. 건널목 양쪽에는 차단기를 앞에 두고 엔타쿠와 자동차가 줄을 지어, 화물열차가 느릿느릿 지나가기를 기다리는 중이었다. 길가에 걸어 다니는 사람들은 생각보다 많지 않았고 빈민가의 아이들이 무리를 지어 놀고 있었다. 버스에서 내린 후에 둘러보니 시라히게 다리에서 가메이도 쪽으로 달리는 넓은 도로가 십자형으로 뒤엉켜 있었다. 군데군데 보이는 풀투성이의 공터와 낮은 인가들이 줄지어 서 있어 모든 길이 분간이 되지 않을 만큼 똑같아 보였기에 이제 어디로 가야 하나, 괜스레 쓸쓸한 기분이 들었다.

---

* Lafcadio Hearn(1850~1904): 영국 출신으로 일본에 귀화한 작가. 귀화 후 이름은 고이즈미 야쿠모(小泉八雲).

나는 다네다 선생이 가족을 버리고 남의 눈을 피해 숨어 지낼 장소로 이 주변의 뒷골목을 써두면, 다마노이의 번화가도 비교적 가깝고 결말의 분위기를 정하기에도 상황이 괜찮을 것 같다는 생각에 백 미터 정도를 걸은 후 좁은 옆길로 돌아가보았다. 옆에 짐을 싣고서는 자전거도 스쳐 지나갈 수 없을 만큼 좁은 길로, 대여섯 걸음 앞으로 나갈 때마다 길이 휘어 있는데 길 양쪽으로는 비교적 조촐하면서 낮고 작은 문이 달린 셋방들이 주욱 이어졌다. 일터에서 돌아오는 듯한 양복 차림의 남자나 여자들이 한두 사람씩 앞뒤로 걸어가고 있었다. 길가의 개만 해도 목에 이름표가 달려 있고 그다지 더럽지 않았다. 순식간에 도부 철도 다마노이 정거장 옆으로 나왔다.

선로 좌우로는 수목이 울창하게 우거진 광대한 별장 같은 곳이 있었다. 아즈마 다리에서 여기까지 오는 동안 이처럼 오래된 나무들이 숲을 이루고 있는 곳은 한 곳도 보지 못했다. 아무리 봐도 오랜 기간 관리를 하지 않은 것 같았고, 덩굴이 타고 오르는 무게에 대나무 숲이 눌린 형태나 도랑 옆의 풀로 이뤄진 울타리 사이로 박꽃이 피어 있는 모습이 매우 운치 있어 보여 나는 걸음을 멈춰 섰다.

옛날엔 시라히게 주변이 데라지마 마을이었다는 말을 들으면 흔히 바로 5대 기쿠고로*의 별장을 떠올리곤 하는데, 오늘날 마침 이 지역에 이런 정원이 남겨져 있는 것을 보니 나도 모르게 지나가버린 시대의 문아(文雅)를 떠올리게 되었다.

선로를 따라 매대지(賣貸地) 푯말이 세워진 넓은 초원이 철교와 맞닿은 둑까지 이어져 있었다. 작년쯤까지 게이세이 전차가 다니던 선로의

---

* 가부키 배우 오노에 기쿠고로와 그의 후대를 일컫는 말. 여기에서는 5대 기쿠고로를 가리킴(1844~1903).

자국이 남아 있었고, 다 무너진 석단 위에 남아 있던 다마노이 정거장의 철거 흔적은 잡초에 가려져, 이쪽에서 보면 성터 같은 분위기를 풍기고 있었다.

나는 여름풀들을 헤치고 둑에 올라보았다. 눈 아래로는 앞을 가로막는 것이 없어서 이제 막 지나온 길과 공터, 새로 조성된 마을이 멀리까지 낮게 자리한 게 보였지만, 둑 안쪽으로는 비좁고 초라한 함석지붕 집들이 불규칙하게 끝도 없이 이어진 사이로 목욕탕 굴뚝이 튀어나와 있었으며, 그 꼭대기에는 7, 8일째의 저녁달이 걸려 있었다. 하늘 한편에는 저녁노을 색이 옅게 남아 있건만, 달은 벌써부터 밤의 빛을 발하고 있었다. 함석지붕 사이사이에서 네온사인의 불빛과 함께 라디오 소리가 새어 나오기 시작했다.

나는 발밑이 어두워질 때까지 돌 위에 앉아 있었는데 둑 아래 창문들에도 불이 들어와 지저분한 2층 안이 그대로 내려다보이기에, 풀 사이에 남겨진 사람의 자취를 따라 둑에서 내려왔다. 그러자 길은 생각지도 못하게 다마노이의 번화가를 비스듬히 가로지르는 복잡한 뒷골목의 한복판으로 이어졌다. 어지러이 줄지어 세워진 상점들 사이의 골목 입구에는 '통행금지'라든지 '안전통로'라든지 '게이세이 버스 지름길', 혹은 '오토메가이'나 '니기와이혼도리'라고 적힌 등들이 매달려 있었다.

주변 구경을 충분히 한 다음, 우체통이 세워진 골목 입구의 담배 가게에서 담배를 사고 5엔 지폐의 거스름돈을 기다리고 있을 때였다. 갑자기 "쏟아진다"라고 외치는 소리와 함께 하얀 덧옷을 걸친 사내가 안쪽 꼬치집의 포렴(布簾) 안으로 뛰어드는 것이 보였다. 이어 조리복을 입은 여자와 지나가던 사람들이 바삐 뛰어다녔다. 갑자기 무슨 일인지 주변을 둘러볼 틈도 없이, 불어닥치는 세찬 바람에 갈대발과 다른 무언가가 쓰러지는 소리가 났고 휴지와 쓰레기들이 귀신처럼 길 위를 달렸다. 이윽고 번개가 날카롭게 번쩍이며 이어지는 천둥소리를 따라 굵은 빗방울이 뚝뚝 떨어졌다. 그렇게나 화창하던 저녁 날씨가 순식간에 바뀌어버린 것이었다.

나에게는 우산을 챙기지 않으면 문밖에 나서지 않는 오랜 습관이 있었다. 아무리 맑다고는 해도 장마 기간 중이었기 때문에 그날도 물론 우산과 보자기를 들고 나온 참이었다. 덕분에 별반 놀라지 않고 조용히 펼쳐든 우산 아래로 하늘과 마을의 풍경을 지켜보며 걷던 중, 갑자기 뒤에서부터 "나리, 저기까지 씌워주세요"라는 소리와 함께 한 여자가 우산 아래로 새하얀 목을 들이밀었다. 기름 향이 나는 걸 보니 머리를 올리고 나온 지 얼마 되지 않은 것 같았고, 커다랗게 묶은 머리에는 기다란 은색 실들이 걸려 있었다. 나는 지금 막 지나온 곳 중에 여자 머리를 올리는 가게 유리문이 열려 있었다는 것을 떠올렸다.

세차게 불어오는 바람과 비 때문에 새로 한 머리에 걸린 은색 실이 마구 흔들리는 것이 측은해 보여 나는 우산을 내밀었다. "나는 양복이니 괜찮아."

제아무리 내가 뻔뻔하다 해도 가게가 죽 이어져 등불로 환하게 빛나는 길을 여자와 함께 우산을 쓰고 걸어가는 것은 아무래도 신경이 쓰이는 탓이었다.

"그럼 고마워요. 바로 저기예요." 여자는 그렇게 말하며 우산대를 붙들고 한 손으로는 유카타*의 옷자락을 한껏 들어 올렸다.

---

* 주로 여름에 평상복으로 입는 간편한 의복.

3

번개가 또다시 크게 번쩍이고 천둥이 우르릉 쾅쾅 하고 울리자, 여자는 내숭을 떨듯 "어머"라고 외치며 한 걸음 뒤처져 걸으려 하는 내 손을 잡더니 "빨리 와, 자기야"라며 원래부터 잘 아는 사이인 것처럼 굴었다.

"괜찮으니 먼저 가. 따라갈 테니까."

골목에 들어서자 여자는 방향을 틀 때마다 헷갈리지 않도록 내 쪽을 돌아보며 걸었다. 이윽고 도랑에 놓인 작은 다리를 건너, 집집마다 갈대발이 걸린 길가의 어떤 집 앞에 멈춰 섰다.

"어머, 자기. 많이 젖었잖아." 여자는 그렇게 말하며 우산을 접고는, 자기 옷은 내버려둔 채 손바닥으로 내 겉옷에 묻은 빗물을 털어냈다.

"여기가 자네 집인가?"

"닦아줄 테니 들어와요."

"양복이니 괜찮아."

"닦아준대도요. 나도 고맙다고 인사하고 싶다고요."

"인사는 무슨."

"아무튼 일단 들어와요."

천둥소리는 조금 작아졌지만 비는 오히려 돌팔매질이라도 하듯 한층 더 거세게 쏟아졌다. 집 앞에 걸린 햇빛 가리개 아래 있으려 해도 바닥에서 물이 엄청나게 튀어 올랐기에 나는 이렇다 저렇다 말할 틈도 없이 집 안으로 들어갔다.

문살이 길쭉하며 거친 격자문이 세워진 가림 벽을 지나자, 방울 달린 리본 발이 드리워져 있었다. 그 아래 놓인 발판에 앉아 신을 벗는 사이 여자는 걸레로 발을 닦았다. 그리고 걷어 올린 옷자락은 그대로 둔 채 아랫방의 전등을 켰다.

"아무도 없으니 들어오세요."

"자네 혼자서 지내나?"

"네에. 어젯밤까지 한 명 더 있었는데 다른 집으로 갔어요."

"자네가 주인인가?"

"아니요. 주인은 다른 집에 있어요. 다마노이칸이라고 연예장 있잖아요. 그 뒤에 집이 있거든요. 매일 밤 12시에 장부를 보러 와요."

"그럼 신경 쓸 일 없겠네." 나는 여자가 권하는 대로 기다란 화로 옆에 앉아, 한쪽 무릎을 세우고 앉아서 차를 끓이는 여자의 모습을 바라보았다.

나이는 스물네다섯 정도 되어 보였다. 꽤 출중한 얼굴이었다. 콧날이 곧게 뻗은 동그란 얼굴은 오랜 화장 탓에 칙칙해져 있기는 했지만, 틀어 올린 시마다마게* 머리 아래의 솜털은 그대로였다. 눈도 흐리지 않고

---

* 일본 여성의 전통 머리 모양 중 하나로, 주로 미혼 여성이 함.

검은 편이며 입술이나 잇몸 혈색을 보아도 아직 건강은 별반 상한 것 같지 않아 보였다.

"이 동네는 우물물을 쓰나, 아니면 수돗물을 쓰나?" 나는 차를 마시기 전에 아무렇지도 않은 듯 물어보았다. 우물물을 쓴다고 하면 차는 마시는 시늉만 하고 내려놓을 셈이었다.

나는 화류병보다도 오히려 티푸스 같은 전염병이 무서웠다. 육체적인 면보다는 오래전부터 정신적으로 폐인이 되어버렸기에, 화류병처럼 병세가 그만저만한 것은 다 늙은 지금에 와서는 별반 신경 쓰이지 않았다.

"세수라도 하려고요? 수도라면 저기 있는데." 여자는 아주 가볍게 대꾸했다.

"음, 나중에 씻지."

"웃옷이라도 벗어요. 진짜 많이 젖었으니까."

"비가 심하게 내리네."

"난 천둥보다 번쩍이는 게 더 싫던데. 이 상태로는 목욕탕에도 못 가고. 당신, 아직 괜찮지요? 나 얼굴만 씻고 준비하고 올 테니까."

여자는 입을 비틀며 품 안에서 휴지를 꺼내 머리 가장자리에 묻은 기름을 닦아내며 가림 벽 바깥쪽에 설치된 세면대 앞에 섰다. 리본 발 너머로 상반신을 벗어젖히고 허리를 숙여 얼굴을 씻는 모습이 보였다. 몸은 얼굴보다도 훨씬 하얗고, 가슴 모양을 봐서는 아직 아이를 가진 적은 없는 듯했다.

"왠지 서방이 된 것 같네, 이러고 있으니까. 장롱도 있고, 찬장도 있고……"

"열어서 구경해봐요. 군고구마나 뭐 그런 게 있을 거예요."

"잘 정리해뒀네. 굉장해. 화로 안까지도."

"매일 아침 청소는 꼭 하거든요. 이런 곳에서 지내지만 가정적이에요."

"여기서 오래 있었나?"

"아직 1년하고 조금……"

"이런 일이 아예 처음은 아니겠지. 게이샤라도 하다 온 거야?"

다시 물을 퍼 담는 소리에 내 말이 들리지 않은 것인지, 아니면 들리지 않는 척을 한 것인지 여자는 아무 대답도 하지 않고 옷을 벗은 채 거울 앞에 앉아 머리빗으로 머리를 틀어 올리고는 어깨부터 하얀 분을 바르기 시작했다.

"어디에 다녔어? 숨긴다고 숨겨질 일이 아닌데."

"그래요…… 그렇지만 도쿄는 아니니까."

"도쿄 근방이야?"

"아니. 더 먼 곳……"

"그럼 만주……"

"우쓰노미야에 있었어요. 기모노도 전부 그때 거고. 이제 충분하죠?" 여자는 그렇게 말하며 일어나 대나무 옷걸이에 걸어둔 무늬가 있는 홑겹 옷으로 갈아입었다. 붉은 격자무늬 끈을 크게 둘러 앞으로 묶는 모습이 커다란 은색 실 장식과 잘 어울려, 내 눈에는 마치 메이지 시절의 창기처럼 보였다. 여자는 옷매무새를 고치며 내 옆에 앉아 낮은 탁자 위에 놓인 골든배트 담배를 집어 들었다.

"이것도 인연인데 사례라도 해주세요." 그렇게 말하며 불을 붙여 한 대를 내밀었다.

이 동네 노는 법을 아예 모르는 것은 아니었기에 나는 말했다.

"50센이면 되지? 차 마시는 값은."

"네. 그건 정해진 규칙대로예요." 여자는 웃으며 손을 거두지 않고 그대로 내밀고 있었다.

"그럼 한 시간으로 하지."

"고마워요, 정말."

"그 대신." 내밀어진 여자의 손을 잡아당기며 귓속말을 속삭였다.

"몰라요." 여자는 눈이 휘둥그레져서는 나를 쏘아보며 "바보"라는 말과 함께 내 어깨를 때렸다.

다메나가 슌스이*의 소설을 읽은 사람이라면 작자가 서사 군데군데 마다 자기변호의 문장을 집어넣었다는 것을 알 것이다. 첫사랑에 빠진 여자가 부끄러운 줄도 모르고 좋아하는 남자에게 다가가는 정경을 적을 때에는 그 뒤에다가 독자는 이 여자의 이런 모습이나 말투만을 보고 난 잡하다고 판단해서는 안 된다, 귀하게 자란 여자라 할지라도 마음을 드러내야 할 때에는 게이샤도 이기지 못할 정도로 요염해질 때가 있다고 한다, 또 이미 유곽 생활이 익숙해진 유녀가 우연히 어린 시절부터 알던 남자와 마주치는 경우를 묘사할 때는 화류계 여자라도 이런 경우에는 숙녀처럼 머뭇머뭇거리게 되는 법이며 이는 이 방면의 경험이 풍부한 사람들이라면 모두가 알고 있는 사실이지 작자의 관찰이 부족한 탓은 아니니 그렇게 생각하고 읽어달라는 등의 말이 함께 적혀 있곤 한다.

나도 슌스이처럼 여기에 군말을 보태본다. 독자들은 길거리에서 처음 만난 이 여자가 나를 대하는 태도가 너무 편하다는 것을 수상히 볼지도 모르겠다. 그러나 이것은 실제 있었던 만남을 윤색하지 않고 그대

---

* 爲永春水(1790~1844): 에도 시대 후기의 극작가. 작품에서는 서민들의 사랑을 주로 다뤘다.

로 적은 것일 뿐이다. 어떠한 작의도 없는 것이다. 소나기와 천둥소리로 사건이 시작된 것을 보고 작자의 상투적인 필법이라며 비웃는 사람이 있을 수도 있겠지만, 나는 이것을 깊이 고민하고 일부러 사건을 다르게 설정하고 싶지는 않았다. 소나기가 이끌어준 이 밤의 사건이, 완벽하게 전통적으로도 딱 맞아떨어지는 것을 나는 오히려 재미있게 생각했고, 사실은 이 이야기를 써보고 싶어 붓을 들게 된 것이었다.

이 유흥가에 여자가 대략 7, 8백 명 있다고 하지만, 그중 시마다마게나 마루마게*를 한 사람은 열 명 중 한 명꼴. 대부분은 여급처럼 일본풍으로 꾸미거나, 댄서 취향의 양장을 입었다. 비를 그으러 들어온 집의 여자가 매우 드문 옛 스타일의 여자였다는 것은 아무리 보아도 진부한 필법에 적당한 듯하여, 나는 사실 묘사를 깎아내리고 싶지 않았다.

비는 그치지 않았다.

처음 집에 들어왔을 때는 조금 목청을 높여야만 대화가 들릴 정도로 퍼붓더니 지금은 문가로 불어닥치던 바람소리도 천둥소리도 멈춰, 함석 지붕을 두드리는 빗소리와 낙숫물이 떨어지는 소리만 들려왔다. 길가에서는 오랫동안 사람들의 목소리도 발소리도 들리지 않았는데 갑자기 이런 소리가 났다.

"아이고 아이고, 큰일이다. 미꾸라지가 헤엄치고 있어." 새된 목소리를 따라 게다 발소리가 들려왔다.

여자는 불쑥 일어나 리본 사이로 밖을 내다보았다. "우리 집은 괜찮아요. 도랑이 넘치면 여기까지 물이 흘러오거든요."

"이제 좀 멎기 시작한 모양이지?"

---

* 에도 시대부터 메이지 시대까지의 헤어스타일로 후두부에 약간 평평한 타원형의 상투를 단 모양. 주로 결혼한 부인들이 했다.

"초저녁에 내리면 날씨가 좋아져봤자 땡이에요. 그러니까 푹 쉬고 있어요. 난 그 틈에 밥 좀 먹을 테니."

여자는 찬장 속에서 단무지 절임을 잔뜩 쌓은 작은 접시와 차에 밥을 만 밥공기, 그리고 작은 알루미늄 냄비를 꺼냈다. 살짝 뚜껑을 열어 냄새를 맡고 화로 위에 올려두기에 무언가 하고 보았더니 고구마를 익힌 요리였다.

"깜빡했다. 좋은 게 있었는데." 나는 교바시에서 전차를 갈아타려고 기다리다가 아사쿠사 김을 샀다는 것을 떠올리고는 그것을 꺼냈다.

"사모님 드릴 거 아니에요?"

"난 혼자 살아. 먹을 것도 혼자서 장을 봐야 하지."

"아파트에서 여자랑 같이 살죠? 호호호호호."

"그러면 이 시간까지 이러고 있을 리가 없잖아. 비가 오든 천둥이 치든 상관 않고 갔을 거야."

"그도 그렇네요." 여자는 너무나도 당연하다는 표정을 지으며 따뜻하게 데워진 냄비의 뚜껑을 열었다. "같이 먹어요."

"난 먹고 왔는데."

"그럼 당신은 저쪽 좀 보고 있어요."

"밥은 직접 지어 먹는 건가?"

"주인집에서 점심이랑 밤에 12시마다 가져다줘요."

"차를 다시 끓일까? 물이 미지근한데."

"어라, 미안해요. 저기, 있잖아요. 대화하면서 밥 먹는 것도 좋지 않아요?"

"혼자 멍하니 밥만 먹는 건 싫지."

"맞아요. 그럼 정말 혼자예요? 불쌍하게도."

"미적거리다 늦은 거지."

"괜찮아요. 좋은 사람 찾아줄게요."

여자는 밥을 차에 말아 두 그릇 정도 먹었다. 꼭 신이 난 사람처럼 달그락달그락, 밥공기 안에서 젓가락을 헹구고 자못 바쁜 듯 접시 주발을 재빨리 선반에 정리해 넣으면서도 턱을 움직이며 단무지 절임 탓에 올라오는 트림을 참고 있었다.

밖에서는 사람들의 발소리와 함께 "저기요, 잠깐만요"라며 손님을 끄는 소리가 들리기 시작했다.

"비가 그친 것 같네. 가까운 시일 내에 또 오도록 하지."

"꼭 오셔야 해요. 낮에도 있어요."

여자는 내가 웃옷을 걸치는 것을 보고 뒤쪽 옷깃이 돌아간 것을 고쳐주며 어깨 너머로 볼을 비볐다. "꼭이요."

"이름이 어떻게 되지? 이 집은."

"지금 명함 드릴게요."

신발을 신는 사이, 여자는 작은 창문 아래 놓아둔 물건 중에서 샤미센*의 발목** 모양으로 자른 명함을 꺼내주었다. 읽어보니 이렇게 적혀 있었다. 데라지마마치 7번가 61번지(2부) 안도 마사 집의 유키코.

"갈게."

"바로 돌아가세요."

---

* 세 개의 현으로 된 일본 고유의 현악기.

** 撥木: 당비파나 일본의 샤미센 등 현악기를 켤 때 쓰는 기구.

4

소설 『실종』의 한 구절

아즈마 다리의 한가운데쯤으로 보이는 난간에 몸을 기대며, 다네다 준페이는 마쓰야의 시계를 바라보면서 다가오는 인기척에 신경을 쓰고 있었다. 여급 스미코가 가게를 닫고 길을 일부러 빙 돌아오는 걸 기다리고 있는 중이었다.

다리 위에는 엔타쿠 외에 전차도 버스도 이미 다니지 않았지만, 2, 3일 전부터 갑자기 더워진 탓에 셔츠 한 장만으로 더위를 식히고 있는 사람도 있었고, 짐을 들고 서둘러 귀가하는 여급 같은 여자들의 왕래도 여전히 끊이지 않고 있었다. 다네다는 오늘 밤 스미코가 지내고 있는 아파트에 가서 이제부터 천천히 앞으로의 일들을 정할 계획이기에, 자신이 간다고 해서 여자가 어떻게 될 것인지 따위는 전혀 생각도 하지 않았고 또 생각할 여유도 없었다. 그저 지금까지 20년간 가족을 위해 일생을 희생해버린 것이 아무리 생각해도 불쾌하고 화가 나서 견딜 수 없었다.

"많이 늦었죠?" 생각했던 것보다 빨리 스미코는 종종걸음으로 다가왔다. "평소에는 고마카타 다리를 건너서 가거든요. 그치만 가네코랑 같이 오는 길이라서요. 걔는 말이 많아 성가시다니까요."

"벌써 전차는 다 끊긴 것 같은데."

"걸어서 가도 세 정류장 정도예요. 저기서 엔타쿠를 타고 가죠."

"빈방이 있으면 좋을 텐데."

"없으면 오늘 하룻밤 정도는 제 방에서 자도 돼요."

"그래도 돼? 괜찮겠어?"

"뭐가요?"

"언젠가 신문에 실렸잖아. 아파트에서 잡혔다는 얘기가……"

"장소에 따라 다른 걸 거예요, 분명히. 제가 지내는 곳은 자유로우니까요. 옆집도 건너편 집도 모두 여급들이나 첩들이에요. 옆집은 여러 사람이 드나들기도 하고요."

다리를 다 건너기 전에 지나가던 엔타쿠가 아키바 신사 앞까지 30센에 간다고 했다.

"완전히 변해버렸네. 전차는 어디까지 다니지?"

"무코지마 종점. 아키바 신사 앞이에요. 버스라면 그대로 다마노이까지 가요."

"아, 다마노이가 이쪽 방향이었구나."

"잘 아세요?"

"딱 한 번 구경 간 게 다야. 5, 6년 전에."

"복잡하죠. 매일 밤 야시장이 서고, 공터에는 공연하는 사람들도 오고요."

"그래?"

다네다가 지나쳐가는 길의 양쪽을 바라보는 사이, 자동차는 빠르게 도 아키바 신사 앞에 도착했다.

"여기서 내릴게요, 네." 스미코가 문손잡이를 움직이며 택시비를 건넸다. "저기서 돌아서 가요. 그쪽엔 파출소가 있으니까."

신사의 돌담을 따라 돌자, 한쪽으로 화류계의 불빛이 쭉 이어진 뒷골목의 막다른 길이 나왔다. 갑자기 어두워지는 공터 한구석에 아즈마 아파트라고 쓰인 등불이 시멘트로 지어진 네모난 집 앞을 비추고 있었다. 스미코가 미닫이문을 열고 안으로 들어가 방 번호가 적힌 신발장에 조리*를 넣자, 다네다도 함께 신발을 집어 들었다.

"2층까지 가지고 가요. 눈에 띄니까." 스미코는 남자에게 자신의 슬리퍼를 신게 한 후, 게다를 손에 들고는 정면으로 보이는 계단을 먼저 올라섰다.

외측 벽이나 창문은 서양식으로 보였는데 안쪽은 기둥이 가느다란 일본식이었다. 삐걱삐걱 소리가 나는 계단을 다 올라서자 복도 끝에 취사장이 있었고, 슈미즈 한 장만 입은 여자가 단발머리를 마구 헝클어뜨린 채 주전자로 물을 끓이고 있었다.

"안녕." 스미코는 가볍게 인사를 하고 왼쪽 끝 두번째 문을 열쇠로 열었다.

다다미가 어지럽혀진 다다미 여섯 장짜리 방의 한쪽에는 벽장이, 한쪽 벽에는 옷장이, 다른 벽에는 유카타와 보일 천**으로 된 잠옷이 걸려 있었다. 스미코는 창문을 열고 속치마와 버선이 걸려 있는 창문 아래에

---

* 일본식 짚신.
** voile: 평직으로 성기게 짠 얇은 직물로 여름철 셔츠에 주로 사용됨.

방석을 펼쳤다. "여기가 시원해요."

"혼자 이러고 있으면 진짜 기분 좋겠는걸. 결혼 같은 건 정말 바보같이만 보이겠어."

"집에서는 계속 돌아오라고 하긴 해요. 그치만 이젠 안 되죠."

"나도 조금 더 빨리 깨달았으면 좋았을 텐데. 지금은 너무 늦었어." 다네다는 속치마가 걸려 있는 창문 너머 하늘을 바라보다가 갑자기 떠오른 듯 물었다. "빈방이 있는지 물어봐줄 수 있겠어?"

스미코는 차라도 끓이려는 것처럼 물 주전자를 들고 복도로 나가 어떤 여자와 이야기를 하더니 금세 돌아왔다.

"건너편 끝 방이 비어 있대요. 그런데 오늘 밤에는 사무소 아줌마가 없다네요."

"그럼 빌릴 수는 없겠구먼. 오늘 밤에는."

"하룻밤이나 이틀 밤은 여기서도 괜찮잖아요. 당신만 신경 쓰이지 않는다면야."

"난 상관없지만, 넌 어떻게 하려고?" 다네다가 눈을 동그랗게 떴다.

"전 여기서 잘게요. 옆에 기미네 방에 가도 되고요. 남자만 와 있지 않다면."

"네 방에는 아무도 안 와?"

"네, 요새는. 그러니까 신경 쓰지 말아요. 그렇지만 선생님을 유혹해서는 안 되는 거겠죠?"

다네다는 웃고 싶은 것처럼 보이는, 한심한 듯한 일종의 미묘한 얼굴을 한 채 아무 말도 하지 않았다.

"훌륭한 부인도, 따님도 있는 분이시니까……"

"아니, 그런 거야, 뭐. 비록 늦었지만 이제부턴 새로운 삶을 살 거니까."

"별거하시는 거예요?"

"음, 별거. 그것보단 이별이겠지."

"그렇지만 그게 그렇게 쉽지 않잖아요. 꽤."

"그러니까 고민 중인 거지. 날더러 너무하다 해도 어쩔 수 없어. 한 동안 모습을 감추는 거야. 그렇게 하면 헤어질 실마리가 생길 거고. 스미 코, 빈방 얘기가 진행이 안 되면 폐를 더 끼칠 수도 없으니 나는 오늘 밤 만 여기서 잘게. 다마노이에서 구경이라도 하자."

"선생님. 저도 얘기하고 싶은 게 있어요. 어떻게 할까 고민하다가 막 힌 일인데요. 오늘 밤 자지 말고 얘기 좀 들어주실래요?"

"요새는 금방 날이 새니까."

"얼마 전에 요코하마까지 드라이브를 했는데, 돌아오는 길에 날이 밝아오더라고요."

"네가 어떻게 지냈는지를 처음부터 들어보려면 식모로 우리 집에 오 기 전부터만 하더라도 꽤 많을 것 같은데. 거기에다 여급이 되고 난 후 의 이야기도 있을 테니."

"하룻밤으로는 부족할지도 몰라요."

"아이구…… 하하하하하."

한동안 조용하기만 하던 2층의 어디에선가 남녀가 이야기를 나누는 소리가 들려왔다. 취사장에서는 또다시 물소리가 났다. 스미코는 정말로 밤을 새서 이야기를 할 것처럼 오비*만 풀어 잘 개어두고 버선을 그 위 에 얹어 벽장에 넣은 후, 낮은 탁자 위를 다시 한 번 닦고 차를 끓였다.

---

* 일본 전통 의복에서 허리에 감는 천.

"제가 이렇게 된 이유, 선생님은 뭐라고 생각하세요?"

"글쎄. 아무래도 도시 생활을 해보고 싶어서가 아니었을까 싶은데. 틀렸어?"

"그것도 물론 그렇지만 그보다는 저, 아버지 직업이 정말 싫었어요."

"뭐였는데?"

"오야붕이나 협객이라 부르잖아요. 어쨌든 폭력단……" 스미코는 목소리를 낮췄다.

5

장마가 끝나고 본격적인 더위가 시작되면서 이웃집들이 죄다 창문을 열어둔 탓인지, 다른 계절에는 들리지 않던 소음들이 갑작스레 귀에 거슬리기 시작했다. 소음들 중에서도 제일 나를 괴롭히던 것은 한 장짜리 판자벽 너머에서 들려오는 옆집 라디오 소리였다.

저녁에 조금 시원해질 때까지 기다렸다가 등불 아래 책상에 앉으려고만 하면, 때를 맞춘 듯 쇳소리가 들어간 것 같은 날카로운 소음이 들려왔고 9시 전에는 끊이지 않았다. 이런 시끄러운 소리 중에서도 특히나 나를 괴롭힌 것은 규슈 사투리로 정치 이야기를 하는 방송과 나니와부시,* 그리고 학생들의 연극과 비슷한 수준의 낭독에다가 서양 음악을 섞은 것들이었다. 라디오만으로는 부족한지 밤낮 가리지 않고 축음기로 유행가를 틀어놓는 집도 있었다. 라디오 소음을 피하기 위해 나는 매년 여

---

* 샤미센의 반주로 곡조를 붙여서 부르는 일본 고유의 창.

름이 되면 저녁은 대충 먹거나, 어떤 때는 아예 밖에서 먹기 위해 6시를 기점으로 집을 나서게 되었다. 집 밖이라고 라디오 소리가 들리지 않는 것은 아니었다. 길거리의 인가나 상점들에서도 더 시끄럽게 틀어놓는 곳들이 있었지만, 전차나 자동차 소리와 섞이면 시가지의 보통 소음처럼 들리기 때문에 서재에 혼자 앉아 있을 때에 비하면 돌아다니며 듣는 편이 차라리 신경이 덜 쓰이고 제법 편했다.

『실종』의 초고는 장마가 끝난 것과 동시에 라디오의 방해로 중단된 지 벌써 열흘 정도가 지나 있었다. 그 바람에 그대로 감흥도 끊겨 사라질 것만 같았다.

올여름도 작년 그리고 재작년과 마찬가지로 매일, 해가 지기 전에 집을 나서기는 했지만 사실 가야 할 곳이나 돌아볼 곳은 없었다. 고지로 소요 옹이 살아 계시던 시절, 매일 하루도 빠짐없이 긴자를 찾아가 더위를 식히며 새로운 흥을 돋우던 날들도 지났다. 그분이 돌아가신 후부터는 거리의 야경에 질리는 기분이었다. 게다가 그사이 긴자 거리에 마음 편히 가지 못할 일까지 생겼다. 그것은 대지진 전에는 신바시의 게이샤 집에 드나들던 차부(車夫)가 지금은 한눈에 봐도 사람이라도 죽여본 듯한 얼굴과 행색의 험악한 무뢰한이 되어선, 정확히 오와리초 주변을 배회하며 예전에 본 적이 있는 손님들이 지나가는 것만 보면 염치없이 샌트집을 잡기 때문이었다.

처음 구로사와 상점 모퉁이에서 50센짜리 은화 동전을 준 것이 오히려 나쁜 전례가 되었다. 돈을 주지 않으면 사내는 상스러운 말들을 외쳐댔는데, 그 바람에 사람들이 우르르 몰려드는 것이 싫어 또다시 50센 동전을 쥐어줄 수밖에 없었다. 이 사내에게 술값을 빼앗기는 것이 나만은 아닐 거란 생각에 어느 날 밤에는 속임수를 써서 네거리의 파출소로 데려갔다. 그랬더니 사내와 이미 잘 아는 사이인지, 당번 순사는 귀찮다는 듯 상대조차 하려 들지 않았다. 언젠가는 이즈모초…… 아니 7번가 파출소에서도 순사와 웃으며 떠들고 있는 것을 보았다. 순사들의 눈에는 이 사내보다 오히려 나 같은 것이 더 수상쩍어 보이나 보다.

산책 방향을 스미다 강 동쪽으로 바꾸어, 도랑 쪽에 살고 있는 오유키*라는 여자에게 들러 쉬기로 했다.

4, 5일 연속으로 같은 길을 다니다 보니, 아자부에서 가는 먼 길도 처음 갔을 때에 비하면 점점 편해졌다. 교바시와 가미나리몬에서 갈아타는 것 역시 습관이 되자 의식보다도 몸이 먼저 움직이게 되었다. 그리고 그다지 번거롭게 느껴지지도 않게 되었다. 언제 사람들이 많이 타는지도, 또 언제 어느 노선이 붐비는지도 알게 되었으니 이것을 피하기만 한다면 거리가 먼 만큼 느긋하게 책을 읽으며 가는 것도 가능하게 된 것이다.

전차 안에서 책을 읽는 것은 다이쇼** 9년쯤에 노안경을 쓰게 된 이후부터는 아예 그만둔 상태였지만, 가미나리몬까지 먼 길을 왕복하게 된 이후로 다시 시작되었다. 그러나 신문도 잡지도 신간도 들고 다니는 습관이 없던 탓에, 처음 외출할 때는 손에 잡히는 대로 요다 갓카이***의 『보쿠스이**** 24경기』를 가지고 갔다.

긴 둑이 구불구불. 미메구리 신사를 지나서부터는 차츰 더 굽어

---

　* 예전에는 여성의 이름을 부를 때에 존경과 친애의 의미로 앞에 '오'를 붙여 불렀다.
　** 1912~1926년 사이를 가리키는 일본의 연호.
　*** 依田學海(1834~1909): 막부 말기 메이지 시대의 한학자 · 문학가.
**** 스미다 강의 다른 이름.

조메이 사(長命寺)까지 이어지네. 한때 벚나무가 가장 많았던 곳이었지.

간에이* 시대, 도쿠가와 다이유 공**이 매를 여기에 풀어놓았네. 그러다 배가 아파 절의 우물물로 치료를 하였다네. 그것이 바로 장명수(長命水)의 물. 우물 이름도, 절 이름까지도 여기에서 비롯되었다지. 후에 바쇼 거사***는 눈을 감상하는 내용의 글귀를 남겼고, 인구에 회자되었네. 아아, 공은 절세의 호걸이며 그 이름 세상에 떨치는 것도 지당한 일이로다. 거사는 한 평민에 지나지 않으나 마찬가지로 후세에 전해졌지. 생각건대 이곳은 사람을 튼튼히 세우는 장소임에 틀림없구나.

옛 지식인의 문장이 눈앞의 풍경에 어느 정도 흥을 곁들여주는 느낌이었기 때문이다.

사흘째 되는 날에는 산책길 중간에 식료품을 사야 했다. 그러면서 여자에게 줄 선물도 함께 샀다. 그 덕에 여자의 집에 왕래하게 된 지 겨우 네다섯 번 만에 두 가지 효과를 얻을 수 있었다.

항상 통조림을 사는 것도 그렇고 단추가 떨어진 셔츠나 겉옷을 입고 다니는 것을 보자 여자는 드디어 나를 아파트에 혼자 사는 사람이라 생각해주게 되었다. 독신이니 매일 밤마다 놀러 나오는 것도 전혀 수상한 일이 아니었다. 라디오 탓에 집 안에 있을 수 없다는 것을 여자가 알 리도 없었고, 연극이나 활동사진을 보러 다니는 편도 아니니 시간을 허비할 만한 곳도 없었다. 갈 곳이 없어 오는 사람이라 여길 리도 없었다. 그리고 일부러 설명하지 않아도 자연스레 잘 넘어갔지만, 우리가 만나는

---

* 1624~1645년 사이를 가리키는 일본의 연호. 이 시대의 쇼군이 도쿠가와 이에미쓰였다.
** 도쿠가와 이에미쓰.
*** 마쓰오 바쇼(松尾芭蕉, 1644~1694): 에도 시대 전기의 하이쿠 시인.

장소가 그런 곳이니만큼 돈이 어디서 났는지 수상쩍게 생각할까 봐 넌지시 질문도 해보았다. 그러자 여자는 그 밤 지불할 돈만 제대로 준다면야 다른 것은 신경도 쓰지 않는다는 식으로 대꾸했다.

"이런 곳에서도 돈을 쓰는 사람은 꽤 써. 아예 한 달 동안 계속 눌러 살던 손님도 있었어."

"헤에." 나는 놀라서 이렇게 물었다. "경찰에 알리지 않아도 괜찮은 거야? 요시와라 같은 곳이라면 바로 신고한다는 것 같던데."

"이 동네에도 그러는 집이 있을 수도 있겠지."

"계속 지냈다던 그 손님은 뭐였어? 도둑이었나?"

"포목전 하는 사람이었어. 결국에는 가게 어른이 와서 데리고 갔지."

"돈을 들고 도망친 거네."

"그런 거겠지."

"나는 괜찮아. 그런 쪽으로는." 그렇게 대답했지만 여자는 그러든 말든 상관없다는 표정으로 내게 되묻지도 않았다.

그러다가 여자가 내 직업에 대해 처음부터 자기 멋대로 생각하고 있었다는 것을 알게 되었다.

2층 장지문에는 한시*를 네 개로 나눈 정도의 크기로 복각된 우키요에의 미인도가 여러 장 섞여 붙어 있었다. 그중에는 우타마로의 전복을 채취하는 해녀, 도요노부의 목욕하는 미녀 등 예전에 내가 잡지 『고노하나』에서 삽화로 본 적이 있는 것들도 있었다. 호쿠사이의 세 권짜리 책 『후쿠토쿠와고진』 중에서 남자의 모습을 잘라내고 여자 쪽만 남겨둔 것도 있기에 나는 자세하게 그 책에 대해 설명해주었다. 그리고 또 오

---

* 半紙: 가로 약 25센티미터, 세로 약 35센티미터 정도의 붓글씨 연습 등에 사용되는 일본의 종이.

유키가 손님과 함께 2층에 올라가 있을 동안, 내가 아래층 방에서 수첩에 무언가 쓰고 있던 것을 슬쩍 보고는 의심 없이 비밀 출판 일을 하는 남자라고 생각했는지 다음번에 올 적에 그런 책을 한 권 가져다 달라고 말했다.

집에 2, 30년 전에 모아둔 것들이 남아 있어 그중에 서너 권을 한 번 챙겨다준 적이 있었다. 그 일 때문인지 내 직업은 암묵리에 그리 굳어졌으며, 뿐만 아니라 내가 어떻게 돈을 버는지도 명료해진 모양이었다. 그러자 여자의 태도는 한층 더 풀어져 이제는 나를 손님처럼 대하지도 않게 되었다.

음지 생활을 하는 여자들이 어딘지 뒤가 구리고 세상을 버린 듯한 남자를 대할 때면, 두려워하지도 싫어하지도 않으며 정해진 수순처럼 친밀감과 애련한 심정을 품게 된다는 것은 여러 실제 사례들에도 잘 나타나 있으니 깊이 설명할 필요도 없을 것이다. 가모가와의 예기는 막부 관리에게 쫓기는 지사(志士)를 구했고, 쓸쓸한 시골 역의 작부는 통행금지를 어긴 노름꾼에게 여비를 계속 대주었다. 토스카는 도피하는 가난한 청년에게 음식을 주었고, 미치토세*는 무뢰한에게 모든 순정을 다 바치고도 후회하지 않았다.

이런 연유로 내가 걱정할 일은 이 마을 부근 혹은 도부 전차 같은 곳에서 문학가나 신문기자와 마주치지 않도록 하는 것뿐이었다. 다른 사람들과는 어디에서 만나든, 미행을 당한다 하더라도 전혀 거슬릴 것이 없었다. 젊은 시절부터 근엄한 사람들에게 가망이 없는 녀석이라며 버려진 몸이니 말이다. 친척 아이들도 우리 집에 들르지 않게 되자 이제는

---

* 실존 인물인 요시와라의 유녀 미치토세는 에도 시대 말기의 악당·무뢰한으로 유명한 가타오카 나오지로에게 순정을 바쳤다고 한다.

마음에 걸릴 것이 하나 없었다. 다만 유일하게 걱정되는 것은 문단 사람들이었다. 10여 년 전, 긴자 큰길에 끊임없이 카페가 생겨나던 때에 그곳에서 술을 마셨다는 이유만으로 신문이란 신문마다 나를 책망하는 기사가 실렸던 적이 있다. 쇼와* 4년 4월에 『문예춘추』라는 잡지는 이 세상에 '살려둬서는 안 되는' 사람이라며 나를 공격했다. 그 글 중에 '처녀 유괴' 같은 단어도 사용된 것을 보면 나를 아예 범법자로 만들려 한 것 같기도 했다. 그런 그들이 내가 밤에 몰래 보쿠스이(스미다 강)를 건너 동쪽으로 놀러 다니는 걸 알게 된다면 무슨 일을 꾸밀지 상상조차 되지 않는다. 이것은 진실로 무서운 일이다.

매일 밤 전차를 타고 내릴 때만이 아니라 마을에 들어온 후에도 노점들로 붐비는 큰길은 물론이요, 골목 샛길도 사람이 많을 때는 전후좌우로 신경을 쓰며 걸어야만 했다. 이러한 마음가짐은 『실종』의 주인공 다네다 준페이가 세상을 버리던 상황을 묘사할 때 반드시 필요한 실제 체험이 되어줄 것이다.

---

* 1926~1989년 사이를 가리키는 일본의 연호.

6

내가 몰래 다니는 도랑 옆집이 데라지마마치 7번가 60 몇 번지에 있다는 것은 이미 적었다. 이 동네 부근은 번화가의 서북쪽 구석에 해당하는 곳으로, 눈에 확 들어오는 중심지는 아니었다. 만약 이것을 기타자토 거리에 빗대어본다면, 교마치 1번가도 서쪽 강가에 가까운 변두리라고 해야 할 것이다. 내가 들은 이야기들을 바탕으로 이 번화가의 연혁을 한 번 읊어보겠다. 다이쇼 7, 8년경에 아사쿠사 관음당 뒤편 경내가 좁혀지고 넓은 도로가 뚫리면서, 전부터 그 주변에 즐비하던 양궁장과 명주집 같은 가게들은 모조리 철거 명령을 받게 되었다. 그래서 지금도 게이세이 버스가 오가는 다이쇼 도로 양쪽으로 하나둘 가게가 옮겨지게 되었다. 이어 덴보인 옆이나 에가와 곡예단 뒤편에서 쫓겨난 가게들도 끊임없이 이곳으로 왔기에 다이쇼 도로는 술집들로 꽉꽉 들어차게 되었다. 지나다니는 사람들이 대낮부터 꼬임을 당하고 모자를 빼앗기게 되자 경찰서 단속이 심해졌는데, 그 후로는 차가 다니는 바깥 길에서 골목 안쪽으로 숨어들게 되었다. 한편 아사쿠사 옛터에서는 료운카쿠 뒤편부터 공원 북쪽의 센조쿠마치 골목까지 있던 가게들이 온갖 수단을 다 써가며 그 자리를 지켜보려 애썼지만, 그마저도 다이쇼 12년 대지진으로 중단되어 한때 모든 집들이 이 동네로 도망쳐 온 일이 있었다. 시가지 재건 후에 니시켄반이라는 게이샤조합을 만들어 직업을 바꾼 사람들도 있었으나, 이 부근은 나날이 번성하여 오늘날과 마찬가지로 반영구적인 상황을 이어가게 되었다. 처음에는 시내와 이어지는 교통편이 시라히게 다리 방면 하나뿐이었기에, 작년에 게이세이 전차가 운행을 멈추기 전까지는 그 정류장 근방이 가장 붐비는 곳이었다.

그런데 쇼와 5년 봄, 도시 복원 축제가 진행되던 때에 아즈마 다리에서 데라지마마치까지 이르는 일직선 도로가 개통되어 시내 전차가 아키바 신사까지 오게 되었고, 시영버스는 더 많이 다니게 되어 데라지마마치 7번가 끝에 차고가 생겼다. 이와 동시에 도부 철도회사가 번화가 서남쪽에 다마노이 역을 세우고, 밤에도 자정까지 6센에 가미나리몬에서 사람들을 태워다주게 되어 마을 풍경은 그 겉과 속이 전부 뒤바뀌었다. 지금까지는 가장 찾기 어려웠던 골목길이 이제는 가장 들어가기 쉬워진 대신, 전에는 중심지였던 곳이 이제는 변두리가 되어버렸다. 그럼에도 은행, 우체국, 목욕탕, 연예장, 활동사진관, 다마노이 신사 같은 곳들은 모두 예전처럼 다이쇼 도로에 남겨져 있어, 리조쿠 대로 혹은 가이세이 도로라 불리는 새로운 길에는 엔타쿠들이 몰려들었다. 이곳에는 밤거리의 시끌벅적함만이 남겨졌을 뿐, 파출소나 공동변소도 없었다. 이러한 변두리의 새로운 개척지조차도 세월의 흐름에 따른 흥망성쇠의 여파는 피할 수 없었던 것이다. 하물며 우리네 삶이란 어떠할까.

어느 날부터 편하게 다니게 된 도랑 옆집…… 오유키라는 여자가 살던 집이, 이 부근에서도 다이쇼 개척기의 번성기를 떠올리게 하는 한구석에 있던 것은 나처럼 시대를 잘못 타고난 사람과 무언가 깊은 연이 있었던 탓이라 생각된다. 그 집은 다이쇼 도로에서 어떤 골목으로 들어가 꾀죄죄한 깃발이 세워진 후시미 이나리 신사 앞을 지나 도랑을 따라 더 깊이 들어가야 나오는 곳이었기에, 바깥 길의 라디오나 축음기 소리도 구경꾼들의 발소리에 가려져 잘 들리지 않았다. 여름밤 라디오 소리를 피하기에 이보다 더 좋은 안식처도 없었을 것이다.

원래 이 번화가에서는 조합 규칙에 따라 여자가 창가에 앉아 있는 오후 4시부터 축음기나 라디오를 트는 것이 금지되어 있으며, 샤미센도 연주하지 못하게 했다. 비가 추적추적 내리는 밤이 깊어짐에 따라 여기요, 쉬다 가세요 하는 소리가 끊어지면, 집 안팎으로는 무리 지어 다니는 모깃소리가 가득해 제법 변두리 뒷동네다운 적적함마저 느껴졌다. 그것도 쇼와 현대의 지저분한 거리가 아니라, 쓰루야 난보쿠*의 교겐**에서 느껴질 법한 지난날의 적적한 정취였다.

항상 시마다마게나 마루마게 머리를 하는 오유키의 모습과 지저분한 도랑, 모깃소리는 내 감각을 한껏 자극하여 3, 40년 전에 사라져버린 과거의 환영을 되살려주었다. 나는 이러한 덧없으면서도 기묘한 환영을 보여준 그녀에게 되도록 확실하게 감사 인사를 하고 싶었다. 오유키는 과거를 떠올리게 한다는 면에서는 난보쿠의 교겐을 연기하는 배우보다도, 란초***를 낭독하는 쓰루가 아무개보다도, 더 정교하고 조용한 예술가였다.

　＊ 鶴屋南北(1796~1852): 에도 시대 후기의 가부키 극작가.
　＊＊ 일본 중세에 생겨난 일본 4대 연희의 하나.
＊＊＊ 조루리 문학 작품 중 하나. 남자 주인공 란초는 부인 오미야를 두고 유녀 고노이토와

나는 오유키가 밥그릇을 끌어안고 밥을 퍼 담은 다음 후룩후룩 소리를 내며 차즈케에 말아 먹는 모습을 그다지 밝지 않은 전등 불빛과 도랑에서 끊임없이 들려오는 모깃소리 사이에서 지그시 응시하며, 젊은 시절에 가깝게 지내던 여자들의 모습이나 그 당시의 생활을 눈앞에 그려진 것처럼 선명하게 떠올릴 수 있었다. 내 기억만 떠오르는 것은 아니었다. 친구의 여자들까지도 떠올랐다. 그때는 남자를 '그이'라 부르고, 여자를 '그녀'라 부른다든지, 둘만의 공간을 '사랑의 둥지'라 일컫는 문화는 아직 없던 시절이었다. 가까운 여자한테는 '당신'이나 '자기'라 부를 필요 없이 그저 '너'라 부르면 되었다. 자기 부인을 '엄마'라 부르는 남편들도 있었고, 반대로 자기 남편을 '아빠'라 부르는 사람들도 있었다.

오늘날에도 도랑 모기의 윙윙거리는 소리는 어디서든 들을 수 있지만, 스미다 강 동쪽으로 넘어가면 어쩐지 30년 전과 다를 것 없이 변두리 마을의 쓸쓸함을 노래하고 있는 것처럼 들린다. 그런데 도쿄의 말은 지난 10년 새에 참 많이 변했다.

주변을 대강 정리하고 펼쳐본 모기장
안 그래도 더운데 무명 모기장이라니
이 해 질 녘 가을 혹은 도랑 옆처럼 후끈하구나
은둔 생활도 부채도 스러진 가을 더위
모기장에 생긴 구멍을 깁고 기워도 9월이네

사랑에 빠지고 만다. 오미야가 자신의 몸을 팔아 번 돈으로 고노이토와 만나 란초와 헤어져줄 것을 부탁하자 고노이토는 오미야의 진심에 감동하며 란초와 연을 끊겠다고 다짐한다. 그런데 옆방에서 이 대화를 듣고 있던 란초는 고노이토가 목숨을 끊으려 한다는 것을 알아채고 결국 오미야를 뒤로 한 채 고노이토와 함께 자살하고 만다.

쓰레기통 속에서도 나와서 우는 모기인가

남은 모기를 세어보는 벽과 빗물 자국

이 모기장도 술이 되겠지 저물어가는 가을

　이것은 어느 날 밤 오유키네 다실에 모기장이 펼쳐져 있던 것을 보고 갑작스레 떠올려본 예전 작품이다. 그중 절반은 이미 세상을 떠난 벗 아아* 군이 후카가와 조케이 사 뒤편의 단층 연립주택에서 부모의 허락을 얻지 못한 채 연인과 숨어 살던 시절, 이따금 놀러 갈 때마다 불렀던 구절로 메이지 43년, 44년쯤의 것이었다.

　그날 밤, 오유키는 갑작스러운 치통에 창가에서 내려와 누우려던 참이라며 모기장 밖으로 기어 나왔다. 하지만 앉을 곳이 마땅치 않아 나와 같이 마루 끝 판자에 걸터앉았다.

　"평소보다 많이 늦었잖아. 이렇게 기다리게 해서 되겠어요?"

　여자의 말투와 태도는 내가 떳떳지 못한 장사를 하고 있을 거라 짐작하게 된 후부터 친밀한 수준을 넘어 오히려 건방지게 느껴질 때가 많았다.

　"미안. 많이 아픈가?"

　"갑자기 아파가지고. 눈 돌아가는 줄 알았지 뭐야. 부었죠?" 여자가 옆얼굴을 보여주며 말했다. "자기는 집 좀 봐줘요. 난 얼른 치과엘 좀 다녀올 테니."

　"근처인가?"

　"검사장 바로 앞에."

---

* 이노우에 아아 (井上唖々, 1878~1923): 하이쿠 시인.

"그럼 공설 시장 쪽이겠군."

"자긴 아무 생각 없이 돌아다니는 줄 알았더니 잘도 보고 다녔네. 바람둥이."

"어허, 그렇게 매정하게 대하면 쓰나. 곧 출세할 몸인데 말이야."

"암튼 부탁해요. 넘 기다릴 성싶으면 그냥 돌아올 거니까."

"너를 기다리고 기다리는 모기장 바깥…… 뭐 그런 건가. 별수 없지."

여자가 너무나도 스스럼없는 말투를 쓰기에 나도 거기에 맞춰 익숙해진 척하기로 했다. 이것은 신분을 숨기려 취한 방법은 아니었다. 어디든 누구와 만나든, 나는 현대인과 만날 때는 흡사 외국에서 외국어를 말하듯 상대와 같은 말을 사용하기로 했기 때문이었다. 상대가 '이놈이 사는 동네'라고 표현한다면 나도 나를 가리키며 '소인' 대신 '이놈'을 쓴다. 조금 다른 이야기지만 현대인들과 사귀다 보면 구어를 배우기는 쉬우나, 문서를 주고받기는 어렵다는 느낌이 든다. 특히 여자한테 받은 편지에 답장을 쓸 때에는 '저는'을 '나는요'로 쓴다든지, '그러하지만'을 '그치만'으로 쓴다든지, 또 어떤 말이든 '필연성'이나 '중대성'처럼 끝을 성으로 끝나게 쓰는 것도 장난삼아 흉내 낼 때는 괜찮았지만 글로 쓰려 하면 엄청난 혐오감을 느끼게 된다. 무슨 수를 써도 돌아갈 수 없는 그리운 옛날, 나는 그때 곰팡이를 막으려 물건들을 꺼내 바람을 통하게 하고 있었는데 그중에는 오래 전 야나기바시의 기녀였다가 무코지마 고우메라는 마을에 첩으로 들어간 여자에게서 받은 편지도 있었다. 편지에는 반드시 문어체만을 써야 했던 시절이라, 그 시대 여자들은 벼루를 가지고 와 붓을 집어 들면 글씨는 모른다 하더라도 자연스레 문어체 흉내를 낼 수 있었던 모양이다. 누군가는 조소할 수도 있으나 나는 이를 개의치 않고 여기에 남겨두고 싶다.

　　짤막하게 한 말씀 올리겠습니다. 요새 연락이 뜸하였던 점 진심으로 죄송스레 여기고 있사오니 용서해주셨으면 좋겠습니다. 제가 지금까지 지내던 집이 너무나도 좁았기에 이번에 주소를 옮기구선 그 소식을 전해드립니다. 참으로 죄송스럽지만 잠깐이라도 뵙고 말씀드리고 싶은 일이 있으니 꼭 좀 시간을 내셔서 선생님이 편하실 적에 한번 찾아와주시길 거듭 부탁드리겠습니다. 하루라도 빨리 와주시길. 나머지는 직접 뵙고 말씀드리기로 하고 이만 줄이겠습니다.

　　　　　　　　　　　　　　　　　　　　　　　○○ 올림.

　　대나무장수네 집 근처 나루터 아래 미야코유라는 목욕탕이 있습니다. 채소 가게에 물어보십시오. 날씨가 좋으니 상황을 보고 아아 선생님도 함께 나들이를 가고 싶어 하신다고 알고 있사온데 낮쩐이 어떻겠습니까? 한번 여쭤봐 주십시오. 이 편지에 답장을 하실 필요는 없습니다.

　　편지 내용 중 '옮기고선'을 '옮기구선'으로, '낮전'을 '낮쩐'이라 쓴 것은 도쿄 시타마치의 사투리 때문이다. 대나무장수네 근처 나루터도, 마쿠라 다리의 나루터도 지금은 흔적도 없이 다 사라져버렸다. 내 청춘의 흔적을 찾으려면 이제 어디로 가야 한단 말인가.

7

오유키가 나간 후, 나는 반쯤 내려둔 낡은 모기장 끄트머리에 앉아 모기를 한 마리 쫓아내며 이따금 길쭉한 화로를 메운 화롯불과 물주전자에 신경을 썼다. 아무리 한밤의 무더위가 기승을 부린다 할지라도, 이 동네에는 손님이 와 있다는 신호로 아래에서 차를 가지고 올라오는 습관이 있기에 어느 집이든 불과 뜨거운 물이 빠지는 적은 없었다.

"어이, 이봐." 작은 목소리와 함께 창문을 두드리는 소리가 났다.

단골손님이겠거니 하는 생각이 들어 나갈까 말까 머뭇거리는 사이, 바깥에 서 있던 남자는 창문으로 손을 넣고는 비녀장을 끌러내어 문을 열고 안으로 들어왔다. 흰빛이 도는 유카타에 헤코오비*를 두르고, 촌스럽고 동그란 얼굴에 콧수염을 기른 쉰 정도 되는 남자였다. 손에는 보자기에 싼 무언가를 들고 있었다. 그 모습을 보고 금세 오유키의 포주라는

---

* 한 폭 넓이의 천을 적당한 길이로 잘라 두르는 어린이나 남자의 허리띠.

느낌이 들어, 그쪽이 내게 말을 걸기 전에 먼저 말을 꺼냈다.

"오유키는 뭐라더라, 병원에 다녀온다던데요. 방금 요 앞에서 만났습니다."

"금방 오겠죠. 기다리시죠." 포주처럼 보이는 그 남자는 이미 알고 있다는 듯 답을 하며, 내가 이곳에 있는 것을 수상히 여기는 기색도 없이 보자기를 풀고는 작은 알루미늄 냄비를 꺼내 선반에 올려두었다. 밤에 먹을 반찬을 들고 온 것으로 봐서는 포주가 틀림없었다.

"오유키는 항상 바쁘니 좋겠네요."

나는 인사 대신에 좋은 말이라도 해줘야 할 것 같아 그런 말을 해버렸다.

"네? 감사합니다." 포주도 어찌 반응해야 할지 모르겠다는 듯, 그런 대답을 하며 화롯불과 물 끓는 상태를 살펴보고 있었다. 아예 내 얼굴을 쳐다보려고도 하지 않았다. 오히려 대화를 피하려는 듯 얼굴을 돌리기에 나도 그대로 입을 다물었다.

이렇게 주인과 유객이 만나는 일은 서로에게 몹시 어색한 일이었다. 방을 빌려주는 집이나 여자들이 있는 찻집, 게이샤가 있는 집의 주인이나 손님 사이도 마찬가지다. 이 두 사람이 이야기를 할 경우는 반드시 여자를 가운데 두고 무언가 어색한 상황이 벌어졌을 때가 대부분이므로, 서로 언성만 높이고 다른 대화를 할 필요가 없기 때문이다.

오유키는 항상 가게 문 앞에 모기향을 피워두곤 했다. 그런데 오늘은 한 번도 켜지 않았는지, 분명 이 동네에 익숙할 주인마저도 집 안의 모기들이 시끄럽게 얼굴을 물어대고 입안으로까지 날아들자 그 잠깐을 참지 못하고 칸막이 대용으로 문턱에 두었던 선풍기 손잡이를 비틀었다. 하지만 고장이 났는지 손잡이가 돌아가지 않았다. 화로 서랍에서 겨우겨우 모기향 조각을 발견하자, 우리 둘은 안심한 듯 무심결에 서로를 바라보았다. 이 틈에 나는 말을 걸어보았다.

"올해는 어디든 모기가 극성이네요. 덥기도 어지간히 덥고."

"그렇습니까? 여긴 원래 매립지라 지대가 높지도 않아서." 주인도 마지못해 입을 열기 시작했다.

"그래도 길이 좋아졌네요. 많이 편해졌고."

"대신에 규칙 같은 게 까다로워졌죠."

"맞아요. 2, 3년 전엔 여기를 지날 때마다 모자를 뺏기기도 했는데."

"그거는 우리, 이 동네 사람들도 꽤 힘들었어요. 볼일이 있어도 지나갈 수가 없으니. 하지 말라고 여자들한테 말을 해둬도 하나하나 감시할 수도 없고. 어쩔 수 없이 벌금을 내게 했습니다. 가게 밖으로 나가 손님을 잡다 걸리면 벌금 42엔을 내라고. 그리고 공원 근처에서 손님을 데려와도 규칙 위반이라 해놨죠."

"그것도 벌금을 냈습니까?"

"예."

"얼마나 냈습니까?"

슬쩍 이 동네 사정에 대해 물어보려는 순간 "안도 씨"라며 창가에 쪽지를 넣어두고 가는 남자가 있었다. 동시에 오유키가 돌아와 그 종이를 집어다가 화로 끝 판자에 두기에 슬쩍 엿보았더니 등사판으로 뽑은 절도범 수배 전단이었다.

오유키는 그 전단에는 눈길도 주지 않고 주인 앞에서 입을 벌렸다. "아버지, 내일 꼭 빼야 한대. 이 이 말이야."

"그럼 오늘은 먹을 거 필요 없었던 거네." 주인이 일어섰다. 나는 일부러 보란 듯 돈을 꺼내 오유키에게 건네곤 먼저 앞장서서 2층으로 올라갔다.

　2층은 창이 나 있고 낮은 탁자를 둔 다다미 세 장짜리 방과, 이어서 다다미 여섯 장, 네 장 반 정도 되는 방 두 개뿐이었다. 원래 이 집은 건물 한 채를 앞뒤로 나눠 두 채로 만들어버린 듯, 아래층에는 다실도 하나뿐이고 부엌도 뒷문도 없었다. 1층에서 올라오는 사다리와 이어진 다다미 네 장 반짜리 방도 얇은 종이를 바른 판자 한 겹으로만 벽을 세워둔 바람에, 뒷방의 소리나 대화가 생생하게 들려왔다. 나는 자주 그곳에 귀를 대고는 재밌게 듣곤 했다.

　"또 그 짓을 하고 있네. 더운데 말이야."

　위로 올라온 오유키는 창이 있는 다다미 세 장짜리 방으로 가서 빛바랜 커튼을 한쪽만 내렸다. "이리 와. 바람이 좋아. 어머, 또 번개가 치네."

　"아까보다는 좀 시원해졌군. 그래, 정말 바람이 좋네."

　창문 바로 아래는 햇빛을 가리려고 쳐둔 갈대발에 가려져 있지만, 도랑 건너편 집 2층과 창가에 앉아 있는 여자의 얼굴이나 지나다니는 사람들의 그림자 같은 이 동네 일대의 풍경이 생각보다 꽤 멀리까지 보였다. 지붕 위 하늘은 납빛으로 무겁게 내려앉아, 별도 보이지 않고 큰길가의 네온사인들이 하늘 위까지 옅은 붉은빛으로 물들이고 있었기에 무더운 밤은 한층 더 무덥게 느껴졌다. 오유키는 방석을 가져와 창턱에 올려두고 그 위에 걸터앉아 잠깐 하늘 쪽을 바라보다가 갑자기 내 손을 잡았다. "저기, 있잖아. 나 돈 다 갚고 나면, 당신 색시로 받아주지 않을래?"

　"나 같은 놈, 실속도 없잖아."

　"남편 될 자격이 없단 말이야?"

"밥 먹여줄 능력이 없으면 자격이 없는 거지."

오유키가 아무 말 없이 길 저 너머에서부터 들려오는 바이올린 소리를 따라 콧노래를 흥얼거리기에, 나도 아무렇지 않게 얼굴을 쳐다보려 했다. 그러자 오유키는 시선을 피하듯 불쑥 일어나 한쪽 손을 내밀어 기둥을 잡고는 창틀에 몸을 걸치듯 상반신을 바깥으로 내밀었다.

"내가 10년만 더 젊었어도……" 나는 다탁 앞에 앉아 궐련에 불을 붙였다.

"자기, 대체 몇 살인데?"

오유키가 이쪽을 쳐다보기에 나도 올려다보자, 평소처럼 한쪽 보조개를 피우고 있어 어쩐지 안심이 되었다.

"이제 곧 예순이지."

"우리 아버지가 육십인데, 아직 건강해."

오유키는 끈질기게 내 얼굴을 바라보았다. "당신 아직 마흔도 안 된 거지? 서른일곱이나 여덟쯤이지?"

"나는 첩의 자식이니까. 진짜 나이는 몰라."

"마흔이라 해도 젊어 보이는걸. 머리만 봐선 그렇게 안 보여."

"마흔이면 메이지 31년생이야."

"난 몇 살 정도로 보여?"

"스물하나, 둘 정도로 보이지만. 실제론 스물넷 정도?"

"자기는 말은 참 잘한다니까. 스물여섯이야."

"오유키, 너 우쓰노미야에서 게이샤 일을 해봤댔지?"

"응응."

"여긴 왜 온 거야? 이 동네를 용케도 잘 알고 왔네."

"잠깐 도쿄에 살았거든."

"돈이 필요했어?"

"그런 게 아니라면 왜…… 남편은 병에 걸려 죽었고, 그리고 좀……"

"낯설어서 놀라진 않았나? 게이샤랑은 많이 다르니 말이야."

"꼭 그렇지만도 않아. 첨부터 알고 왔는걸. 게이샤 시절에 손해를 너무 많이 봐놔서 항상 빚더미였어. 게다가…… 어차피 몸을 버릴 거라면 벌이가 좋은 편이 훨씬 나은걸."

"그런 생각까지 하다니 대단하군. 혼자서 그런 결심을 한 건가?"

"게이샤 시절에 찻집 일을 하는 언니랑 알고 지냈는데, 그 언니가 여기서 장사를 한다기에 얘기를 들었어."

"그래도 대견한데. 나이가 들면 조금이라도 독립해서 돈도 벌 수 있고. 남길 만큼은 남기는 거니까."

"지금이야 물장사에 딱 맞는 나이지. 그치만 앞으로 어떻게 될지는 모르는 거야. 그렇게 생각 안 해?"

계속 내 쪽을 쳐다보기에 나는 괜히 불안해져서 이번에는 내가 하늘 쪽으로 고개를 돌리고 싶어졌다.

큰길 네온사인이 비춰주고 있는 하늘 끝에는 아까부터 이따금 번개가 번쩍였다. 갑자기 쏟아지는 날카로운 빛은 사람의 눈을 찌르듯 다가왔다. 하지만 천둥소리 같은 것은 들려오지 않았고, 바람도 완전히 멎어 뜨거운 노을이 다시 더위를 몰고 오는 것 같았다.

"금방 소나기가 쏟아질 거 같네."

"있잖아. 머리 묶는 집에서 나오다가…… 아, 벌써 석 달이나 지난 일이네에."

내 귀에는 이 "석 달이나 지난 일이네에"라며 끝을 살짝 끄는 말투가 어쩐지 아주 머나먼 옛일을 상기시키는 양 무한한 감정들이 담긴 것처럼 들려왔다. "석 달이 지났네요"라든지 "석 달이 다 됐네"라고 딱 잘라 말했다면 평소에 하던 대화처럼 들렸을 텐데, '네에'라고 길게 늘인 목소리는 영탄적인 표현이라기보다는 오히려 내 대답을 재촉하는 것처럼 들려와 나는 "그러네……" 하고 대꾸하려던 말조차도 삼킨 채 그냥 눈으로 대답했다.

오유키는 매일 밤, 거리를 지나는 수많은 남자들을 상대하는 몸이면서 어째서 나와 처음 만났던 날을 잊지 않았던 걸까. 내게는 그게 꽤 이상하게 느껴졌다. 처음 만난 날을 되돌아본다는 것은 그때의 일을 진심으로 기쁘게 기억하고 있기 때문일 것이다. 하지만 나는 이 동네의 여자가 나 같은 늙은이를, 물론 내 앞에서는 나를 마흔 정도로 봐주고는 있지만, 아무튼 그렇다 하더라도 좋아해준다든지 나에게 반했다든지 아니면 그런 종류의 부드럽고 따스한 감정을 품어줄 거라고는 꿈에도 생각지 못했다.

내가 거의 매일 밤 이곳을 들락거린 것은, 이미 몇 번이나 말했듯 여러 사정이 있어서였다. 내 창작 작품 『실종』을 위한 답사, 라디오 소리를 피하려는 목적, 긴자나 마루노우치 같은 중심가에 대해 품은 혐오감. 그것 말고도 이유야 있겠지만 무엇 하나 여자에게 말해줄 만한 이야기는 없었다. 나는 오유키의 집을 밤중 산책의 휴식처로 삼았을 뿐이며, 이를 위해 입에서 나오는 대로 거짓말을 해댔다. 일부러 사기를 치려 한 것은 아니었으나 처음에 여자가 나에 대해 오해를 했을 때 바로잡기는커녕 오히려 거기에 동조해서는 그 오해를 더 깊게 만들 만한 행동과 이야기를 하며 나를 숨겨왔다. 그 책임만은 피할 수 없을 것이다.

나는 이 도쿄뿐만 아니라 서양에 대해서도 홍등가 사정 말고는 거의 모든 사회를 모른다 해도 과언이 아니었다. 이렇게 된 까닭을 여기서 이야기하고 싶지는 않으며, 또 털어놓을 이유도 없을 것이다. 혹시 나라는 개인이 어떤 사람인지 궁금하고 호기심 넘치는 사람이 있다면 중년쯤에 썼던 대화집 『정오 지날 무렵』이나 수필 『첩의 집』, 소설 『못다 이룬 꿈』 같은 좋지 못한 글들을 읽어보면 내가 어떤 사람인지 대강은 알게 될 것이다. 그렇다 해도 문장이 변변치 못하고 장황하여 다 읽기에는 피곤할 테니 여기에 『못다 이룬 꿈』의 한 구절을 소개해보겠다.

그에게 10년을 하루같이 화류계에 들락거릴 힘이 있었던 것은 화류계야말로 암흑과 부정의 거리라는 것을 잘 알고 있었기 때문이었다. 만약 세상이 방탕한 사람을 가리켜 충신이나 효자처럼 칭송했다면 그는 저택을 남에게 넘기면서까지 그 칭찬을 듣고자 하진 않았을 것이다. 정실부인의 위선적인 허영심, 공명한 사회의 사기 활동에 대한 분노가 그를 처음부터 부정과 암흑으로 알려진 곳으로 향하게 만든 한 가지 힘이었다. 즉 그는 칭송받는 새하얀 벽에서 수많은 오점을 찾아내기보다는 아예 버려진 넝마 한구석에도 아름다운 자수가 남겨져 있다는 것을 발견하고 기뻐하는 쪽이었다. 정의의 궁전에 때때로 새나 쥐의 배설물이 떨어지는 것처럼, 악덕의 골짜기 밑바닥에 아름답고 정이 넘치는 꽃과 향기로운 눈물의 과실들이 오히려 많이 쌓여 있는 법이었다.

이것을 읽은 사람들은 내가 도랑의 더러운 냄새나 모깃소리 사이에서 살아가는 여자들을 크게 두려워하지도 않고 못나게 보지도 않으며, 오히려 만나기 전부터 친근감을 품고 있었다는 걸 잘 알 것이다.

나는 이 여자들과 친하게 지내기 위해서는, 적어도 그녀들이 나를 멀리하지 않도록 하기 위해서는 현재 신분을 숨기는 편이 낫다고 생각했다. 그녀들이 나를 보고 이런 곳에 오지 않아도 될 신분이라 생각하는 것은 내게 꽤나 괴로운 일이었다. 그녀들의 불행한 삶을 바라보며 마치 연극이라도 보는 양 고자세로 내려다보며 즐기고 있다는 오해를 사는 일만은 되도록 피하고 싶었다. 이를 위해서는 신분을 숨기는 것 말고는 방법이 없었다.

　　실제로 예전에 이런 동네에 올 사람이 아니란 말을 들은 적이 있었다. 어느 날 밤, 가이세이 도로 끝의 시영버스 차고 부근에서 순사가 날 멈춰 세우고는 신문을 한 적이 있었다. 나는 문학가라든지 저술가라며 스스로를 내세우는 것을 꺼리기도 했고, 남이 나를 보고 그렇게 생각해주는 건 그보다도 더 싫어했으므로 순사의 질문에 생각해놓은 대로 직업이 없는 한량인 것처럼 대답했다. 순사가 내 상의를 빼앗아 소지품을 살펴보았는데, 보통 밤 산책을 할 때는 불심검문에 걸릴까 봐 인감과 인감증명서, 호적초본을 주머니에 넣어두곤 했다. 그리고 지갑에는 다음 날 아침에 목수와 정원사, 헌책방에 내야 할 돈들이 들어 있어서 3, 4백 엔 정도의 현금도 있었다. 그걸 본 순사는 놀란 듯 나를 자산가라 불러대며 "여기는 당신 같은 자산가가 올 곳이 아니야. 얼른 돌아가게, 문제가 생기면 안 되니까. 볼일이 있으면 나중에 다시 오라고"라며, 우물쭈물하는 내 모습을 보고는 엔타쿠를 잡아 문까지 열어주었다.

　　나는 별수 없이 차에 올라타 가이세이 도로의 순환선인가 하는 도로를 돌아야 했다. 그렇게 미로와 같은 유곽가 주변을 한 바퀴 돌고 후시미 이나리 신사 골목 어귀에서 내린 적이 있었다. 그다음부터는 지도를 사서 길을 살펴보고, 늦은 밤에는 파출소 앞을 피해가며 다녔다.

오유키가 우리가 처음 만난 날에 대한 기억을 영탄하듯 내뱉은 것에 대해 나는 어찌 대답해야 할지 몰라 담배 연기로라도 얼굴을 가리고 싶었다. 그래서 또 궐련을 꺼내 들었다. 오유키는 새까만 눈으로 계속 이쪽을 바라보았다.

"자기는 진짜 닮은 거 같아. 그 밤에 내가 뒷모습을 봤을 때도 엄청 놀랐는걸……"

"그래? 누구랑 닮았다는 소리 많이 들어." 나는 아, 다행이다 싶은 마음을 애써 숨겼다. 그리고 물었다. "누구랑? 죽은 남편이랑 닮았단 건가?"

"아니요. 게이샤가 되고 얼마 안 지났을 때…… 같이 살 수 없으면 죽으려고까지 한 사람이 있었어."

"푹 빠지면 누구든 그런 생각을 하지……"

"자기도 그래? 자긴 안 그러잖아."

"냉정한 편일지도 모르지. 그래도 사람을 겉만 봐선 알 수 없잖아? 그렇게 단정 짓진 마."

오유키는 한쪽 보조개를 보이며 웃기만 할 뿐, 아무 말도 하지 않았다. 아랫입술 오른쪽 끝부분이 자연스레 들어가는 그 보조개는 언제나 오유키의 얼굴을 어린 소녀처럼 보이게 했지만, 오늘 밤만은 억지로 만들어낸 것처럼 뭐라 표현할 수 없는 외로움이 느껴졌다. 나는 그 분위기를 바꿔보려 말을 꺼냈다.

"이가 또 아픈가?"

"아니. 방금 주사 맞았으니까. 지금은 아무렇지도 않아."

그러고 또 대화가 끊겼지만 다행히도 단골 같은 사람이 가게 입구문을 두드렸다. 오유키는 벌떡 일어나 창밖으로 몸을 절반쯤 내밀고는 판자 아래를 내려다보았다.

"어머, 다케 씨. 올라오세요."

뛰어내려 가는 뒤를 따라 나도 내려가 잠깐 변소에 숨었다가, 손님이 올라가기를 기다린 뒤 소리 없이 밖으로 나왔다.

8

쏟아질 듯하던 소나기는 낌새도 없고, 불씨가 끊이지 않는 다실의 후끈한 공기와 모기떼가 두려워 밖으로 나오기는 하였으나 아직 집에 가기는 이른 것 같아 도랑을 따라 골목을 빠져나왔다. 그리고 널다리를 건너 바깥쪽 길로 나왔다. 길 양쪽으로 연일*을 맞아 나온 노점상들이 가게를 펼쳐놓은 탓에 원래도 차가 지나지 못할 만큼 좁은 길의 폭이 한층 더 좁아져, 사람들은 서로를 밀고 당기며 걸어가고 있었다. 널다리 오른쪽 모퉁이는 말고기 가게가 있는 네거리로, 맞은편에는 조동종 도세이 사(漕洞宗 東清寺)라 적힌 비석과 다마노이 이나리 신사의 도리이**와 공중전화가 세워져 있었다. 나는 오유키를 통해 이 사당의 연일은 매달 2일과 20일이며, 밤에는 바깥만 시끌벅적하고 골목 안쪽은 오히려 손님이 적어서 창가 여자들은 가난뱅이 사당이라 부른다는 것을 알고 있었기에 인파 속으

---

* 緣日: 신불과 이 세상의 인연이 강하다고 하는 날.
** 신사 앞에 세워진 문.

로 들어가 한 번도 참배해본 적 없는 사당 쪽으로 다가가보았다.

지금까지는 여기에 쓰는 걸 잊고 있었지만 나는 항상 이 번화가에 나올 때면 마음가짐도 몸가짐도 신경을 써왔다. 이쪽으로 나올 때는 이 주변 가게를 돌아다니는 사람들을 따라 옷차림도 바꿔왔다. 딱히 수고로운 일은 아니었다. 옷깃이 뒤집어지는 하얀 줄무늬 셔츠의 깃 단추를 풀어 옷깃 장식은 빼고, 상의는 손에 들고 입지 않아야 하며, 모자는 쓰지 말아야 한다는 것. 머리는 빗은 적이 없는 것처럼 흐트러뜨릴 것. 바지는 되도록 무릎이나 엉덩이 부분이 닳을 정도로 낡은 것으로 갈아입을 것. 구두는 신지 말고 발꿈치 부분이 바닥까지 다 닳은 낡은 게다를 찾아 신을 것. 담배는 반드시 골든배트 담배만 피울 것. 기타 등등. 그러니 어려울 것도 없었다. 서재에 있을 때나 손님을 맞을 때 입던 옷을 벗고, 정원 청소나 대청소할 때 입는 옷으로 갈아입은 뒤 하녀의 낡은 게다를 빌려 신으면 되는 것이었다.

낡은 바지에 낡은 게다, 낡은 손수건으로 꽤 촌스럽게 머리띠까지 매버리면 남쪽으로는 스나마치, 북쪽으로는 센주에서 가사이 가나마치 근방까지도 남들이 날 쳐다보며 얼굴 확인하는 일 없이 다닐 수 있었다. 그 동네 주민이 장을 보러 나온 것처럼 보일 테니 안심하고 어떤 골목이든 뒷길이든 마음껏 들어갈 수 있는 것이었다. 이런 볼썽사나운 옷차림은 '막 입을수록 더 시원하다'는 아주 더운 도쿄의 여름과 잘 맞는다. 멍하니 엔타쿠 기사 같은 복장으로 다니다 보면 길 위나 전차 안에서도 아무렇게나 침을 뱉어도 되고 담배를 피울 수도 있으며 성냥 찌꺼기나 쓰레기, 바나나 껍질도 버릴 수 있었다. 공원에서는 벤치나 잔디밭에 대자로 누워 자면서 코를 골아도 되고 나니와부시를 노래할 수도 있었으므로, 날씨뿐만 아니라 도쿄의 건물들과도 조화를 이루며 얼마든지 복합

도시 주민다운 마음가짐을 품을 수 있었다.

여자들이 앗팟파*라는 이름의 속옷 한 장으로 바깥을 나다니는 기이한 풍습에 대해서는 나의 벗 사토 요사이 군이 문집에서 잘 설명해두었으므로 여기서는 말하지 않겠다.

맨발에다가 익숙지 않은 낡은 게다를 신고 있던 터라, 걸려 넘어지거나 사람들에게 밟혀 다치지 않도록 조심하며 인파 속을 걸어 골목 막다른 곳에 있는 사당에 참배했다. 이쪽도 노점상들이 쭉 늘어서 있었으며, 작은 신전 옆의 약간 넓은 공터에는 꽃 장수들이 한쪽으로 늘어놓은 장미나 백합, 여름국화 같은 분재들이 때아닌 꽃밭을 이루고 있었다. 도세이 사 본당 건립금 기부자들의 이름이 공터 한쪽에 판자 울타리처럼 이어진 것을 보니, 이 절은 화재를 겪었거나 아니면 다마노이 이나리 신사처럼 다른 곳에서 옮겨 온 것 같았다.

패랭이꽃 화분 하나를 사 들고 다른 골목으로 빠져나와 원래 왔던 다이쇼 도로로 나왔다. 조금 걷다 보니 오른편으로 파출소가 있었다. 오늘 밤에는 이 근방 사람들과 같은 차림새이기도 하고, 화분을 들고 있으니 괜찮을 것 같았지만 일단은 피하는 게 좋을 것 같아서 뒤쪽의 술집과 과일 가게들이 늘어선 골목으로 돌아갔다.

이쪽 길 한쪽에 쭉 늘어선 상점 뒤 골목은 이른바 제1부라 불리는 미로였다. 오유키네 집이 있는 제2부로 통하는 도랑은 제1부 끝의 도로로 갑자기 이어져, 나카지마유라고 적힌 포렴이 흔들리는 목욕탕 앞을 흘러 허가지 바깥의 어두운 연립 공동주택 사이로 사라졌다. 나는 예전의 홋캇쿠**를 둘러싼 오하구로 도랑보다 더 더러워 보이는 이 도랑도 데

---

* up a parts, 여름용 면 원피스.
** 에도성 북쪽에 있는 신요시와라 유곽.

라지마마치가 아직 시골이었을 때는 싱싱한 꽃들과 잠자리가 머물던 깨끗하고 작은 지류였을 것이라는, 노인에게도 어울리지 않을 법한 감상적인 마음을 품게 되었다. 이쪽 길에는 연일에 늘어서는 노점상들이 없었다. 네온사인이 높이서 빛나는 규슈정이라는 중화요리점까지 오니 가이세이 도로를 달리는 자동차들의 불빛이 보이고 축음기 소리가 들려왔다.

화분이 제법 무거웠던 탓에 가이세이 도로 쪽으로는 가지 않고 규슈정 네거리에서 오른쪽으로 돌았다. 이쪽 길은 오른쪽으로는 미로 1부와 2부, 그리고 왼쪽으로는 3부의 일부 구역이 보이는 가장 번화하고 좁은 길로, 포목전이나 부인복 가게, 양식당도 있었다. 우체통도 세워져 있었다. 아마 오유키가 머리 올리는 집에서 나와 소나기 속에서 내 우산 아래로 뛰어들었던 곳이 이 우체통 앞이었을 것이다.

마음속에는 아직도 오유키가 반쯤 농담처럼 감정을 내비쳤을 때 내가 느낀 불안함이 가시지 않은 것 같았다…… 나는 오유키가 어떤 삶을 살았는지 잘 알지 못한다. 어디서 게이샤를 했다곤 하지만 나가우타*나 기요모토**도 모르는 걸 보면 진짜 같지는 않다. 첫인상으로는 왠지 요시와라나 스사키 주변의 꽤 괜찮은 집에 있던 여자 같단 느낌을 받았는데, 정말 그런 것은 아닐까.

말투를 들으면 사투리는 안 썼지만, 얼굴이나 온몸의 피부가 깨끗한 것을 보면 도쿄나 도쿄 근방의 여자가 아니란 뜻이니 먼 지방에서 도쿄로 이주해 온 사람들 사이에서 태어난 여자인 것 같았다. 성격도 쾌활하고 현재 처지에 낙담하지도 않았다. 오히려 이 환경에서 얻은 경험을 밑천 삼아 언젠가 팔자를 고쳐보고 싶다고 생각할 정도로 밝고 재치도 있

---

* 샤미센으로 연주하는 음악.
** 주로 가부키 음악으로 쓰이며 샤미센으로 연주하는 음악.

었다. 남자에 대해서도, 내가 아무렇게나 말하는 것도 의심하지 않고 그대로 들어주는 걸 보면 확실히 아직 마음이 삭막해진 것도 아니었다. 내가 이렇게 생각하게 만든 것만 봐도, 긴자나 우에노 근처의 넓은 카페에서 오래 일을 해온 여급들과 비교해보면 오유키 같은 여자는 솔직하고 순수한 편이었다. 아직 성실한 면이 남아 있다고도 할 수 있을 것이다.

갑자기 긴자 근처 여급들과 창가의 여자들을 비교하다 보니, 나는 후자 쪽이 더 사랑스럽고 인정 넘치는 사람들처럼 느껴졌다. 거리 풍경도 양쪽을 비교해보니 후자 쪽이 천박하게 겉멋이나 허세를 부리지 않으니 덜 불쾌한 것 같았다. 거리에 노점상들이 늘어서도 여기는 취객들이 삼삼오오 떼를 지어 다니지도 않고, 그 동네에서는 심심치 않게 피투성이가 될 때까지 벌어지는 싸움들도 여기선 거의 볼 수 없었다. 옷차림은 그럴싸한 게 동네에 어울리지만 무슨 일을 하는지 짐작도 안 될 정도로 인상이 나쁜 중년 사내들이 거리낌 없이 어깨를 툭툭 치며 걷고 지팡이를 휘두르거나 노래를 부르며 지나가는 여자를 큰소리로 비난하며 돌아다니는 것은 긴자 외의 동네에서는 보기 힘든 광경일 것이다. 그런데 일단 낡은 게다에 낡은 바지를 입고 이 변두리 동네에 오면, 아무리 혼잡한 밤이라 할지라도 긴자 뒷길을 가는 것보다는 덜 위험하고 이리로 저리로 길을 양보해야 하는 번거로움도 적은 편이었다.

우체통이 있는 복잡한 골목도 포목점을 지난 부근부터 점점 한적해진다. 쌀집이나 채소 가게, 꼬치집들을 지나치며 목재들이 세워져 있는 목재상 근처까지 오면 몇 번이나 와서 익숙해진 내 걸음은 무의식중에 곧바로 자전거 보관소와 철물점 사이의 골목 어귀를 향하게 되는 것이었다.

이 골목에서는 후시미 이나리 신사의 지저분한 깃발이 바로 보이는

데, 아무것도 사지 않고 구경만 하는 손님들은 그조차 눈치채지 못한 듯, 다른 길에 비해 그 길은 사람들의 통행이 아주 적었다. 나는 이를 다행이라 여기며 언제나 이 길에 숨은 후, 길가로 난 집 뒤편의 무성하게 열린 무화과와 도랑 옆 목책에 얽힌 포도들을 보고 이곳과 어울리지 않는 풍경이라는 생각을 하다가 오유키의 창을 들여다보곤 했다.

2층에는 아직도 손님이 있는 듯 등불에 비친 그림자가 커튼에 드리워져 있었고 아래층 창문이 열린 상태였다. 바깥의 라디오 소리도 멈춘 것 같아 나는 사 온 화분을 슬쩍 창문 안쪽으로 밀어 넣고는 그대로 시라히게 다리 쪽으로 걸음을 옮겼다. 뒤쪽으로 아사쿠사행 게이세이 버스가 달려왔지만, 정류장 위치를 잘 몰라 계속 걷다 보니 얼마 지나지 않아 저 앞에 빛나고 있는 다리의 등불이 보였다.

*

올여름 초에 시작한 소설 『실종』은 아직도 완성하지 못했다. 오늘 밤 오유키가 "석 달이나 지난 일이네에"라고 한 걸 생각해보면 원고를 쓰기 시작한 것은 그보다도 훨씬 전의 일이었다. 초고는 다네다 준페이가 어느 날 밤 같이 묵고 있던 여급 스미코를 더운 셋방에서 데리고 나와 시라히게 다리 위에서 더위를 식히며 앞으로의 일에 대해 대화를 하는 부분에서 멈춘 상태였다. 나는 제방을 도는 대신 다리를 건너 난간에 몸을 기대보았다.

처음에 『실종』을 구상할 당시에는 그 해 스물넷이 된 여급 스미코와 쉰하나가 된 다네다 두 사람이 가볍게 정교를 맺는 것으로 쓰려 했으나, 쓰다 보니 어쩐지 어색한 것 같아서 때마침 찾아온 폭염과 함께 내 나름

대로 휴식을 취하던 중이었다.

그런데 지금 다리 난간에 기대 강가 공원에서 들려오는 온도오도리 음악*과 노랫소리를 들으며 아까 오유키가 "석 달이나 지난 일이네"라고 했을 때의 말투나 표정을 생각해보니, 스미코와 다네다의 정교도 결코 부자연스럽기만 한 것은 아니었다. 작가 마음대로 만들어낸 각색이라며 꺼릴 필요도 없을 것 같았다. 처음에 생각한 것을 바꿔버리는 게 오히려 더 좋지 못한 결과로 이어질 것 같다는 생각도 들었다.

가미나리몬에서 엔타쿠를 잡아 타고 집으로 돌아와 평소처럼 세수를 하고 머리를 정리한 후, 바로 벼루 옆 향로에 향을 피웠다. 그리고 중단해두었던 초고 끝부분을 다시 읽어보았다.

"저기 보이는 거, 저거 뭐지? 공장인가?"

"가스 회사랬나. 뭐 그런 거. 저 주변은 예전에 경치가 좋았대요. 소설에서 읽었어요."

"걸어서 가볼까? 아직 그리 늦지 않았으니."

"저기 바로 파출소가 있는데."

"그래? 그럼 돌아가자. 마치 죄를 짓고 세상을 등진 사람 같네."

"당신, 큰 소리로…… 그러지 말아요."

"……"

"누가 듣고 있을지도 모르는 일이고……"

"맞네. 하지만 세상을 등지고 몸을 숨기는 거 처음 해보는 일이지만, 어떻게 표현해야 할지 모르겠어. 그냥 넘길 수 없는 기분이 들어."

---

* 1932년 히비야 공원에서 개최된 공개 무도회에서 사용된 음악. 사이조 야소가 작사하고 나카야마 신페이가 작곡함.

"우키요바나레*라는 노래가 있잖아요. ……깊은 산속에 산다든지."

"스미코, 나 지난밤부터 갑자기 젊어진 거 같은 기분이야. 어젯밤만으로도 힘이 나는 것 같고."

"사람은 마음먹기 나름이니까요. 비관만 해선 안 돼요."

"정말 그래. 그래 봤자 뭘 하더라도 난 이미 젊지 않으니까. 곧 버려지겠지."

"또 그러네. 그런 생각 말아요. 나도 곧 서른이니까. 그리고 이미 하고 싶었던 일들은 다 해버렸고. 앞으로는 좀 성실하게 돈도 벌고 그러고 싶어요."

"그럼 정말 꼬치집 해볼 생각인가?"

"내일 아침에 데루코가 온다니 착수금만 줄 생각이에요. 그러니 당신 돈은 당분간 쓰지 말고 놔둬주세요. 알겠죠? 어젯밤에 말한 것처럼. 그러는 편이 좋아요."

"하지만, 그러면……"

"아뇨. 그게 좋아요. 당신이 돈을 갖고 있으면 뒷일도 안심되니까. 나는 갖고 있는 돈을 다 내고 권리든 뭐든 다 사들일 거예요. 어차피 할 거라면 이게 더 이득이니까."

"데루코란 사람은 믿어도 되는 사람인가? 어쨌든 돈 문제잖아."

"그건 괜찮아요. 걘 부자니까. 어차피 다마노이의 부자 서방님한테서 지원을 받고 있으니까."

"그건 또 누구야?"

"다마노이에 가게랑 집을 몇 채나 가지고 있는 사람이에요. 이제 나

---

* 浮世離れ: 속세에 무심하다는 의미.

이 일흔에다 정력가고요. 그리고 가끔 카페에 오는 손님이었어요."

"음."

"나한테 꼬치집보다는 그분의 가게를 해보라고 하더라고요. 가게랑 일할 아가씨들은 데루코가 그 서방님을 통해서 소개해준다고 했어요. 그런데 그땐 나 혼자뿐이라 의논할 사람도 없었고 나 혼자서는 못할 것 같아서, 꼬치집이나 매점처럼 혼자서도 할 수 있는 걸 하는 편이 좋겠단 생각이 들었죠."

"그렇군. 그래서 그 동네를 골랐던 거군."

"데루코는 자기 어머니에게 대금업도 시켰어요."

"사업가네."

"약삭빠르긴 하지만 사기를 치거나 하진 않으니까."

[……]

9

　9월도 절반이 지났지만 더위는 누그러들기는커녕 8월보다도 더 더워
진 것 같았다. 햇빛을 가린 발에 부딪쳐오는 바람은 제법 가을다운 정취
를 풍겼지만, 그것도 매일같이 소나기가 내릴 때는 뚝 하고 멎어버려 밤
에는 흡사 간사이 지방처럼 깊어질수록 더 무더워지는 날들이 며칠이나
이어졌다.

　초고를 쓰고 책들을 햇볕에 말리는 일로 예상외로 바빠져 나는 사
흘이나 바깥에 나가지 못했다.

　늦여름의 한더위 가운데에서 책을 말리는 일과 바람이 불지 않는 초
겨울 늦은 낮에 정원 낙엽을 태우는 일은 혼자만의 생활에서 가장 즐기는
일과이기도 하다. 볕 아래 책을 말리며 바람을 쐬게 하기 위해 오랜만에
선반 높이에 있던 책들을 바라보면서 처음으로 그 책들을 정독했을 때의
일을 떠올리면 취미가 어떻게 바뀌었는지도 알 수 있었기 때문이다. 낙엽
을 태울 때의 즐거움은 내가 도시에 있다는 것을 잠시나마 잊게 해주었다.

벌레를 막기 위해 고서들을 말리는 일도 이제 끝났으니 저녁밥을 다 먹자마자 언제나처럼 찢어진 바지에 낡은 게다짝을 신고 바깥으로 나갔다. 문기둥에는 벌써 불이 들어와 있었다. 저녁뜸의 무더위에도 불구하고 언젠가부터 해는 놀라울 정도로 짧아져 있었다.

겨우 사흘일 뿐이었지만 바깥으로 나오니 왠지 오랜만인 것 같고, 가야 할 곳에 가지 않았던 것 같은 느낌에, 나는 지체하지 않고 시간을 아끼려 교바시 전차 환승장에서 지하철도를 탔다. 젊은 시절에 잘도 놀았으면서, 여자를 찾아가는 일에 이리도 조바심을 갖는 것이 30년 정도는 느껴보지 못한 일이라 해도 과장이 아닐 것이다. 가미나리몬에서는 엔타쿠를 타고 금세 골목 어귀에 도착했다. 항상 보는 후시미 이나리 신사. 문득 고개를 들어보니 봉납(奉納) 깃발 네다섯 개가 모두 새롭게 바뀌어 빨간 것은 없어지고 하얀 것들만 달려 있었다. 항상 지나던 도랑과 항상 보던 무화과, 항상 보던 포도들. 하지만 무성하던 잎사귀는 조금 옅어져, 세상이 버린 이 골목이라 할지라도 알게 모르게 가을은 밤마다 깊어지고 있다는 것을 알게 했다.

항상 창가에서 볼 수 있던 오유키의 얼굴도, 오늘 밤에는 언제나처럼 틀어 올린 머리 대신에 이초가에시*에 댕기를 단, 모란이라 부르는 머리 모양으로 바뀌어 있어, 이쪽에서 보았을 때에는 마치 다른 사람처럼 보이기에 이상하게 여기며 다가갔다. 오유키는 많이도 기다려왔다는 듯 문을 열며 강한 목소리로 외쳤다. "당신." 그런 후 갑자기 태도를 누그러뜨리고는 말했다. "걱정했잖아. 그래도 뭐 다행이네."

나는 처음에는 무슨 뜻인지 이해하지 못하고 게다를 신은 채 현관

___

* 정수리에서 모은 머리를 좌우로 갈라 반원형으로 틀어 맨 여자 머리.

에 앉았다.

"신문에 나왔어. 조금 다른 거 같아서 그건 아닐 거라 생각했지만. 꽤 걱정됐다고."

"그래?" 대강 뭘 말하려는 건지 알 것 같아서 나는 소곤거려보았다. "난 그렇게 얼빠진 짓은 안 해. 항상 조심하고 있다고."

"대체 어떻게 된 거야? 얼굴을 보니 딱히 별일은 없었던 것 같지만, 오던 사람이 안 오면 괜히 쓸쓸하잖아."

"하지만 오유키는 변함없이 바빴겠지."

"더운 날엔 그게 그거야. 아무리 바쁘다 해도."

"올해는 끝까지 진짜 덥네." 말을 하는 순간 오유키는 "잠깐만 조용히 해봐"라며 내 이마에 앉아 있던 모기를 손바닥으로 눌렀다.

집 안의 모기들이 전보다 더 많아진 것 같았고, 사람을 물어대는 침은 더 날카롭고 굵어진 것 같았다. "이것 봐, 이런." 오유키는 품속에서 종이를 꺼내 내 이마와 자기 손에 묻은 피를 닦아내 보여주고는 동그랗게 말았다.

"이 모기가 사라지면 연말이겠네."

"그래, 작년엔 오토리사마* 때까지는 계속 있던 것 같아."

"역시 단포**에 가나?" 이렇게 물어봤다가 지금은 시대가 다르다는 생각에 다시 고쳐 물었다. "이 동네도 요시와라 뒤로 가나?"

"응." 오유키는 그렇게 대꾸한 후 딸랑딸랑 방울 소리에 일어서서 창문으로 다가갔다.

"가네, 여기야. 뭘 그리 멍하게 서 있니? 찹쌀경단 빙수 두 개랑……

---

* 매년 11월 유일(酉の日)에 오토리 신사에서 열리는 축제.
** 요시와라를 부르는 옛 명칭.

그리고 모기향도 같이 사다 줘. 착하지?"

오유키는 그대로 창에 앉아 지나가는 손님들의 장난스러운 말을 들으며 함께 장난을 치기도 했다. 그러면서도 오사카 장지문 너머의 나에게도 말을 걸었다. 얼음집 남자애가 오래 기다리셨다며 시킨 것들을 가지고 왔다.

"자기도 찹쌀경단 빙수는 먹지? 오늘은 내가 살게."

"잘도 기억하고 있네. 그런 걸……"

"기억하지. 진심이 느껴지잖아. 그러니 더는 다른 데서 바람 피우고 그러지 마."

"여기 안 오는 날은 다른 집에 갈 거라 생각한 건가? 기가 막히는군."

"남자들 다들 그러잖아."

"경단이 목에 걸리겠어. 먹을 때만큼은 사이좋게 지내자고."

"몰라." 오유키는 일부러 수선스레 숟가락 소리를 내더니 높이 쌓여 있던 얼음을 한 번에 무너뜨렸다. 지나가며 창가를 들여다보던 사람이 말을 걸었다. "오, 아가씨, 잘 먹을게."

"하나 줄게. 아 해봐."

"청산가리야? 죽기 싫은데."

"빈털터리 주제에, 무슨 말을 하는 거야."

"뭐라는 거야? 도랑 모기 같은 년이." 그냥 지나가려는 것을 오유키도 지지 않고 받아쳤다.

"에잇, 쓰레기 같은 놈아."

"하하하하." 뒤에 오던 다른 사람이 그렇게 웃으며 지나갔다.

오유키는 얼음을 한입에 넣고 밖을 보며 습관적으로 "여기요, 잠깐만요. 자기야"라며 박자를 맞춰 외치다가, 걸음을 멈추고 창 안을 들여다

보는 사람이 있으면 응석 부리는 소리를 내며 "거기, 얼른 들어오세요. 이제 막 연 참이니까. 자, 얼른요"라는 말을 하기도 하고, 또 사람에 따라서는 특별 대우인 양 "네, 상관없어요. 일단 들어온 다음에 맘에 안 들면 돌아가셔도 상관없다니까요"라고 잠깐씩 이야기를 했다. 그러다가 그 사람이 올라오지 않고 지나가버려도 오유키는 특별히 지루해하지도 않고 이따금씩 녹은 얼음 속에 남아 있던 찹쌀경단을 건져 우적우적 먹거나 담배를 물곤 했다.

나는 이미 앞서서 오유키가 성격이 쾌활하다고 말하며, 또 힘든 삶을 그다지 슬퍼하지도 않는다고 했다. 그것은 내가 다실 한구석에 앉아 찢어진 부채를 조용히 휘둘러 모기를 쫓으면서 가게 앞에 앉아 있는 오유키의 모습을 보고 추측했던 것뿐이다. 이 추측은 어쩌면 피상적인 것에 지나지 않을지도 모른다. 천성의 한 부분만을 본 것일 수도 있다.

하지만 내 관찰이 절대적으로 잘못된 것은 아니라고 단언할 수 있을 법한 일이 있다. 그것은 바로 오유키의 성격과 관계없이, 창밖으로 지나다니는 사람들과 창 안쪽에 앉은 오유키 사이에 서로를 융화시켜주는 한 가닥 실 같은 것이 연결되어 있다는 것이었다. 오유키가 쾌활하며 힘든 삶도 그다지 슬퍼하지 않는 것처럼 보였던 것이 혹여 나의 착각이라면, 이 착각은 바로 이러한 융화에서 비롯된 것이라 변명하고 싶다. 창의 바깥쪽은 대중이다. 즉 세상이다. 창의 안쪽은 한 사람의 개인이다. 그리고 그 양자 사이에는 현저히 대립되는 것이 없다. 이것은 왜 그런 것일까. 오유키는 아직 젊다. 아직 세간의 일반적인 감정을 잃지 않았다. 창에 앉아 있을 때의 오유키는 그 자신의 신분을 천하게 여기며 따로 숨겨둔 인격을 품고 있었고, 창밖으로 지나가는 사람들은 이 골목에 발을 들여놓는 순간 가면을 벗고 자긍심을 버리기 때문이었다.

나는 젊었을 때부터 홍등가에 발을 들여놓았으나 지금도 그것을 후회하지는 않는다. 어떤 때는 그녀들의 사정을 들어주다가 원하는 대로 집으로 들이고 살림을 맡긴 적도 있지만 모두 실패로 끝났다. 그녀들은 한번 처지가 바뀌어 스스로를 천하지 않다 여기게 되면 돌변하여 손쓸 수 없을 만큼 게으른 여자가 되거나, 아니면 제어할 수 없는 간악한 여자가 되어버리기 때문이다.

　오유키는 평소와 달리 나의 힘을 빌려 처지를 바꿔보려는 마음을 품게 되었다. 게으른 여자나 간악한 여자가 되려 하는 것이다. 오유키와 말년을 함께 보내며 게으르거나 간악한 여자가 되지 않도록 진짜 행복한 가정을 안겨줄 수 있으려면, 실패한 경험만 갖고 있는 내가 아니라 살아갈 날이 더 많은 사람이어야만 한다. 그러나 지금 이것을 설명한다 해도 오유키는 결코 이해하지 못할 것이다. 오유키는 나의 이중인격 중 한 부분만을 보았다. 오유키가 짐작도 하지 못하는 나의 다른 한 면을 드러내며 나쁜 모습을 보여주는 것은 쉬운 일이다. 그걸 알면서도 내가 더더욱 주저하게 되는 것은 마음에 걸리는 부분이 있기 때문이다. 이는 나 자신을 변호하기 위함이 아니다. 오유키가 스스로 그 오해를 깨닫게 되면 매우 실망하고 슬퍼하게 될까 봐 두렵기 때문이다.

　오유키는 지쳐버린 내 마음에 우연히 들어와 그리운 과거에 대한 환상을 떠올리게 하는 뮤즈였다. 오랜만에 책상 위로 올라온 한 편의 초고는 만약 오유키의 마음이 내게 향하지 않았더라면, 혹은 그런 느낌이 들지 않았더라면 이미 갈기갈기 찢겼을 것이다. 오유키는 이 세상에서 버림받은 한 늙은 작가의 아마도 마지막 작품이 될 초고를 완성시킨 신비로운 구원자였다. 나는 그 얼굴을 볼 때마다 진심으로 고맙다고 인사를 하고 싶어진다. 결과적으로 나는 세상 경험이 부족한 여자를 속이고 몸만이 아니라 마음까지도 가지고 논 셈이었다. 이 크나큰 잘못에 대해 용서를 구하고 싶으면서도 그러지 못하는 사정이 슬펐다.

그날 밤, 오유키가 창가에서 그 말을 한 다음부터 나의 절절한 마음은 더 심해졌다. 지금은 이를 피하기 위해 다시는 얼굴을 보지 않는 것이 가장 나을 성싶었다. 아직은 오유키의 가슴에 깊은 슬픔과 실망을 안겨주지 않고도 넘어갈 수 있을 때였다. 오유키는 아직 내 본명이나 내력에 대해서도 묻지 않았고, 나도 그것을 밝힐 기회가 없었다. 오늘 밤 정도가 슬며시 헤어지기 좋은 시기이며, 만약 오늘을 넘겨버리면 되돌릴 수 없는 슬픔을 맛보아야 할 것 같다는 예감이 밤이 깊어감에 따라 괜스레 더 강해졌다.

무언가에 쫓기는 것만 같은 이 마음은, 마침 세차게 불어온 바람이 큰길에서 골목으로 흘러들어 와 여기저기 부딪친 다음에 작은 창을 통해 집 안으로 들어와서는 방울 달린 포렴을 흔들어놓는 소리에 더 깊어지는 것 같았다. 그 소리는 풍경 장수가 살창 밖을 지나며 내는 소리와는 달라서, 이 별천지 밖의 세계에서는 결코 들을 수 없는 것이었다. 여름이 끝나가고 가을이 되었으나 매일 밤 무더위가 이어져 여태 깨닫지 못했을 뿐, 그 소리는 가을밤도 드디어 깊어져 긴긴 밤이 시작되었다는 것을 조금씩 알려주고 있는 것이었다. 기분 탓인지 고요한 가운데 사람들의 발소리도 맑게 울렸으며, 저쪽 창에서 누군가가 재채기하는 소리도 들려왔다.

오유키는 창가에서 내려와 거실로 들어오더니 담배에 불을 붙이다 문득 생각난 듯 내게 물었다.

"자기, 내일 빨리 와줄 수 있어?"

"빨리라는 건 저녁인가?"

"더 일찍. 내일은 화요일이라서 진찰을 받아야 하거든. 11시에 끝나니까 같이 아사쿠사에 가자. 4시쯤까지만 돌아오면 되니까."

나는 가도 괜찮겠다 싶었다. 자연스레 이별주를 나누러 가고 싶기도 했지만 신문기자와 문학가들에게 들키면 이러쿵저러쿵 입방아를 찧어댈 것이 두려워 이렇게 대답했다.

"공원은 좀 그래. 뭐 살 거라도 있는 건가?"

"시계도 사고 싶고, 이제 옷도 따뜻한 걸로 입어야 하니까."

"덥다 덥다 소리만 했는데 벌써 추분이 코앞이네. 가을 옷은 얼마 정도면 되지? 가게에서 입을 건가?"

"응. 뭘 고르든 30엔은 들 거야."

"그 정도라면 여기. 혼자 가서 맞추고 와." 나는 지갑을 꺼냈다.

"어머, 정말로?"

"좀 그런가? 신경 쓰지 마."

나는 오유키가 의외로 기뻐하는 표정을 영원히 잊지 않기 위해 계속 쳐다보며 지갑 속에서 지폐를 꺼내 다탁 위에 올려두었다.

문 두드리는 소리와 함께 주인의 목소리가 들려왔으므로 오유키는 뭔가 말하려던 것을 멈추고 속옷 끈 사이로 지폐를 숨겼다. 나는 얼른 일어나 주인과 엇갈리듯 밖으로 나왔다.

후시미 이나리 신사 앞까지 오니 골목 안과 달리 큰길에서는 바람이 곧바로 불어와 내 머리를 흩뜨려놓았다. 나는 여기 올 때를 제외하면 항상 모자를 쓰고 다녔기에 바람이 불어오자마자 한 손을 들어 올렸는데, 그제야 모자를 쓰지 않았다는 사실을 깨닫고는 무의식적으로 쓴웃음을 지었다. 봉납 깃발은 깃대가 꺾이기 직전이었으며, 골목 어귀에 가게를 펼친 꼬치집 포렴과 함께 날아갈 것처럼 나부끼고 있었다. 도랑 가장자리에 있는 무화과와 포도 잎은 폐가의 어두운 그림자 속에서 부스럭부스럭 마치 시든 것 같은 소리를 내고 있었다. 큰길로 나오니 갑자기 넓게 펼쳐진 하늘에는 은하 그림자뿐만 아니라 온갖 별들이 모여 맑아져 있었는데, 거기서 느껴지는 표현 못할 외로움은 마침 인가 뒤로 지나가는 전차 소리와 경적 소리가 세찬 바람에 실려 오면서 더 깊어지기만 했다. 나는 시라히게 다리 쪽으로 돌아 집에 갈 때는 항상 스미다마치 우체국 근처 아니면 무코지마 극장이라는 활동사진관 근처에서 적당히 골목으로 들어가, 작은 골목들 사이를 구불구불 돈 다음에 시라히게 신사 뒤로 나오곤 했다. 8월 말부터 9월 초에 다닐 때는 밤중에 소나기가 내린 후 맑게 갠 하늘에 뜬 달이 세상을 밝게 비춰주는 것을 보고 예전 경치를 떠올리게 되어, 나도 모르게 고토토이 언덕 근처까지 걸어갈 때도 많았다. 하지만 오늘은 달도 뜨지 않았다. 강바람이 불어와 쌀쌀하기도 했으므로 나는 지조자카 정류장에 도착하자마자 대합실 판자와 지장보살 사이로 몸을 숨겨 바람을 피했다.

10

그날 밤을 끝으로 더 이상 가지 않겠다 작정하고 가을 옷값까지 주고 온 주제에, 4, 5일 정도 지나고 나니 어쩐지 다시 한 번 가보고 싶어졌다. 오유키는 어떻게 지낼까. 변함없이 창가에 앉아 있을 게 뻔한데도, 그저 얼굴이라도 보러 가고 싶어 참을 수가 없었다. 오유키에게 들키지 않도록 살짝 얼굴만, 어떻게 지내는지만 보고 오자. 그 주변을 한 바퀴 돌고 오면 이웃집 라디오 소리도 조용해져 있을 테니. 나는 라디오 소리를 탓하며 또다시 스미다 강을 건너 동쪽으로 걸어갔다.

그 동네로 들어가기 전에 얼굴을 가리려고 사냥 모자를 산 뒤 구경꾼 대여섯 명이 오기를 기다렸다가 그 무리에 끼어 도랑 건너편에서 오유키네 집을 들여다보았다. 오유키는 새롭게 했던 머리 모양을 원래의 틀어 올린 머리로 돌려놓고 항상 그랬던 것처럼 창가에 앉아 있었다. 가만 보니 늘 닫혀 있던 아래층 오른쪽 창문에 불이 들어와 있었다. 그리고 등불 그림자를 통해 마루가게를 한 사람이 움직이는 게 보였다. 새로운 여자—이 동네에서는 '데카타'*라 부르는 사람이 온 것이었다. 멀리서 보느라 잘 보이지는 않았지만 오유키보다는 나이도 위인 것 같고, 외모도 별로였다. 나는 사람들 틈에 섞여 다른 골목으로 들어갔다.

그 밤은 평소와 똑같이 해가 진 뒤부터 갑자기 바람이 멎어 더워진 탓인지, 골목을 오가는 사람들의 걸음도 여름밤처럼 소란스러워서 돌아가는 골목골목마다 몸을 숙이고 지나가야만 했다. 흘러내리는 땀과 숨 가쁜 호흡을 이겨내지 못하고 나는 출구를 찾아 자동차들이 이리저리 섞여 달리는 큰길로 나왔다. 그리고 야시장들이 없는 포장도로를 걸어서 그대로 집으로 가려고 7번가 정류장에 우두커니 서서 이마의 땀을 닦았다. 차고에서 1, 2백 미터 정도 거리라 텅 빈 시영버스가 마치 나를 환영하듯 다가와서는 멈춰 섰다. 포장도로 위로 한 걸음 내딛으려는 순간 괜히 서운한 마음이 들어, 나는 또 어슬렁어슬렁 걷기 시작해 술집 앞의 굽은 길에 우체통이 서 있는 6번가 정류장까지 와버렸다. 그곳에는 대여섯 명의 사람들이 차를 기다리고 있었다. 나는 그 정류장에서도 공허하게 차 서너 대를 그냥 지나 보내며 그저 망연하게 백양나무가 늘어선 큰길과 상점가 끝의 넓은 공터 쪽을 바라보았다.

이 공터는 여름부터 가을에 걸쳐, 얼마 전까지는 곡마, 원숭이 공연에 유령의 집까지 운영하며 매일 밤 시끄럽게 축음기 소리를 내고 있었지만 어느새 원래처럼 조용해져 주변의 고요한 어둠만이 물웅덩이를 비출 뿐이었다. 나는 어쨌든 오유키를 다시 한 번 찾아가 여행을 간다든지 아니면 다른 뭐가 됐든 설명을 한 다음에 헤어지고 싶었다. 그렇게 하는 편이 아무 말 없이 사라지는 것보다는 나을 거고, 어차피 앞으로 찾아가

* 안내하는 사람.

지 않을 거라면 오유키에게도 상처가 되지 않는 방법일 듯싶었다. 할 수 있다면 진짜 사정을 털어놓고도 싶었다. 이제는 산책을 나가고 싶어도 갈 곳이 없었다. 보고 싶은 사람들은 전부 저세상으로 떠나버렸다. 풍류현 가의 거리도 지금은 음악가들과 무용가들이 아옹다옹 다투는 곳일 뿐, 늙은이가 차를 홀짝거리며 옛이야기나 할 곳은 아니었다. 나는 우연한 기회에 이 미로 속에서 조용하게 한가한 하루를 소비할 방법을 찾았다. 그러니 성가실 때도 있겠지만 가끔 놀러 오면 정답게 맞아달라고, 너무 늦었지만 알기 쉽게 설명을 하고 싶었다…… 나는 다시 골목으로 들어가 오유키네 집 창문으로 다가갔다.

"자, 올라와요." 오유키는 와야 할 사람이 온 양 굴었지만, 평소처럼 아래 다실을 통해 가는 대신 사다리로 올라가려 하기에 나는 기회를 보다가 물었다.

"주인이 와 있는 거야?"

"네에. 부인도 같이……"

"새로운 여자가 온 것 같던데."

"밥 지어주는 할멈도 왔어."

"그렇군. 갑자기 시끌시끌해졌겠네."

"한동안 혼자 지냈더니 사람이 많아서 시끄럽네." 오유키가 불쑥 말했다. "지난번엔 고마웠어."

"좋은 거 있었나?"

"응. 내일쯤 완성될 거야. 속옷 끈도 하나 샀어. 이건 벌써 이렇게 되어버려서. 나중에 밑에 내려가서 갖고 와볼게."

오유키는 아래로 내려가 차를 가져왔다. 잠시 창에 앉아 엉뚱한 이야기를 나눴는데, 주인 부부는 돌아갈 기미가 없어 보였다. 그러는 사이

사다리에 걸어둔 방울이 울렸다. 단골손님이 왔다는 소리였다.

집 상황이 지금까지 오유키 혼자 지낼 때와는 전혀 달라져 오래 머무르기가 좀 그랬고, 오유키도 주인 앞이라 난처해하는 것 같아서 나는 하려던 말들을 털어놓지 못한 채 30분이 지나기도 전에 중긴 문을 나섰다.

4, 5일이 지나자 계절은 추분에 가까워졌다. 하늘의 모습은 갑자기 바뀌어 남풍에 밀려 암운이 낮게 깔릴 때면 굵은 비가 돌팔매질이라도 하듯 쏟아지다가 금세 멈추곤 했다. 밤중에는 한시도 멈추지 않고 계속 쏟아지는 날도 있었다. 우리 집 정원의 안래홍(雁來紅)은 뿌리부터 뽑혔다. 싸리꽃은 잎과 함께 떨어졌고, 이미 열매를 맺은 베고니아의 붉은 줄기는 커다란 잎이 벗겨져 가엾게도 색이 바래버렸다. 젖은 잎사귀들과 시든 가지로 어수선해진 정원에서는 살아남은 쓰르라미와 귀뚜라미가 날이 갤 때마다 울어대며 명복을 빌 뿐이었다. 나는 매해 가을마다 비바람의 공격을 받은 정원을 보며 『홍루몽(紅樓夢)』*에 나오는 「추창풍우석(秋窓風雨夕)」이라는 제목의 고시를 떠올린다.

> 가을꽃 애처롭게 지고 풀잎마저 누렇게 시들었는데
> 등불만 유난히 밝아 가을밤은 길기도 하다.
> 쓸쓸한 창가에 가을은 아직도 가지 않고 남아
> 바람은 처량하고 비는 차가워 슬픔은 짙어만 가네.
> 가을을 재촉하는 비바람은 왜 이리도 몰아치는가.
> 창문을 두드려 가을밤 푸른 꿈도 깨뜨리어라.

---

* 18세기 중반 청나라 중기 건륭제 때 쓰인 구어체의 중국 장편소설.

〔……〕

그러고는 매년 불가능하다는 것을 알면서도 어떻게든 제대로 번역해 보고 싶어 고민을 거듭하는 것이었다.

비바람과 함께 추분을 보내고 날이 개었을 때는 9월도 얼마 남지 않아 이제 곧 십오야(음력 8월 15일)였다.

그전부터도 밤이 깊어 달이 참 좋았지만 십오야 당일 밤에는 이른 저녁부터 구름 한 점 없어서 밝은 달을 볼 수 있었다.

오유키가 병으로 입원했다는 소식을 들은 것은 그 밤의 일이었다. 창문 너머로 밥 짓는 할멈에게 전해 들었을 뿐, 어디가 아픈 건지는 알 수 없었다.

10월에는 예년보다 빨리 추위가 찾아왔다. 이미 십오야 밤에도 다마노이 이나리 신사 앞 가게에 "여러분, 미닫이를 새로 바를 때가 찾아왔습니다. 서비스로 고급 풀을 증정합니다"라고 적힌 종이가 붙어 있지 않았던가. 이제 맨발에 낡은 게다를 끌고 모자 없이 밤길을 돌아다닐 만한 계절은 아니었다. 이웃집도 문을 닫아두어 라디오 소리로 나를 괴롭히는 일이 없어졌으므로, 나는 집에서 등불과 함께 지내는 데 익숙해졌다.

*

『묵동기담』은 여기서 멈춰야 할 것이다. 하나 만약 여기에 고풍스럽고 소설적인 결말을 붙이고 싶다면, 반년이나 일 년 후에 생각지도 못한 곳에서 이미 여염집 여자가 되어 있는 오유키와 우연히 만나게 되는 구절을 덧붙이면 될 것이다. 그리고 그 우연스러운 해후를 더 감상적으로 만들고 싶다면 스쳐 지나가는 자동차나 열차 창문을 통해 서로의 얼굴을 바라보며, 말을 걸고 싶어도 걸 수 없는 장면을 설정하면 될 것이다. 단풍잎, 물억새꽃, 가을이 되어 쓸쓸한* 도네 강 근방의 나룻배로 스쳐 가는 장면이라면 특히 분위기가 묘할 것이리라.

나와 오유키는 서로 본명이나 주소도 모른 채 끝나버렸다. 그저 스미다 강 동쪽 뒤편 마을의 모기가 들끓는 도랑 집에서 가까워졌을 뿐이었다. 일단 헤어지면 다시는 만날 방법도 기회도 없는 사이였다. 가벼운 유희 수준의 연애이며 다시는 만날 수 없으리라는 것을 처음부터 알고 있었기에, 헤어진 일에 대해 구차하게 설명을 하려 하면 과장이 되어버릴 것이고 가볍게 넘겨버리려 하면 매정하다는 소리를 듣게 될 것이다. 피에르 로티**의 명작 『국화 부인』의 마지막은 이러한 상황을 잘 그려내어 몰래 눈물짓게 하는 힘을 지니고 있다. 내가 『묵동기담』에 소설적인 색채를 더한다 해도, 어설프게 로티의 흉내를 내려다가 웃음만 사게 될지도 모른다.

나는 아무런 근거도 없이 오유키가 도랑 근처 집에서 헐값을 받아가며 그 일을 오래 하지는 않았을 거라고 생각했다. 젊은 시절에 유곽 사정을 잘 아는 노인으로부터 이런 이야기를 들은 적이 있었다. 이 정도로 마음에 드는 여자는 없었다, 빨리 말을 하지 않으면 다른 남자가 몸값을 치르고 기생 대장에서 빼가는 게 아닐까 조바심이 난다면, 그 여자는 분명 병으로 죽거나 아니면 이상한 남자가 몸값을 치른 뒤 먼 곳으로 데리

---

* 풍엽적화추슬슬(楓葉荻花秋瑟瑟): 백거이의 「비파행」에 나오는 구절.
** Pierre Loti(1850~1923): 프랑스의 소설가이자 해군장교. 남태평양 폴리네시아를 시작으로 팔레스타인, 일본, 중국 등 세계 각지를 두루 돌아다니며 각 나라의 이미지를 담은 관능적이고 이국적인 작품을 썼다. 『국화 부인』은 일본의 나가사키를 배경으로 한 이야기인데 1893년에 오페라로 제작되기도 했다.

고 가버릴 거라고. 이렇게 아무 이유 없는 생각들이 의외로 잘 들어맞더라는 이야기였다.

오유키는 그 동네 여자들에게는 흔치 않은 미모와 재치를 가지고 있었다. 군계일학이었다. 하지만 지금은 옛날하고는 다르니까 아프다고 쉽게 죽지는 않을 것이다. 의리 때문에 생각지도 못한 사람에게 몸을 맡길 일도 없을 것이고……

빽빽하게 이어져 있는 지저분한 지붕들. 폭풍이 밀려오기 전 무겁게 내려앉은 하늘에 비치는 등불을 바라보며, 오유키와 내가 어두운 2층 창가에 기대 서로의 땀 맺힌 손을 쥐어가며 별것도 아닌 수수께끼 같은 이야기들을 나누던 때에 갑자기 내려친 번개에 비친 그 옆얼굴. 그 기억은 아직까지도 생생하게 눈에서 지워질 줄을 몰랐다. 스무 살 무렵부터 가벼운 연애에 탐닉해왔으나, 이렇게 노인이 다 되어서 덧없는 꿈을 이야기하게 될 줄이야. 운명적인 인연을 비웃는 것 또한 참으로 대단하지 않은가. 초고 뒤에는 몇 줄 정도 여백이 남아 있다. 붓 가는 대로 시인지 산문인지 알 수 없는 것을 쓰며 이 밤의 슬픔을 달래보려 한다.

아직도 남아 있던 모기에 이마를 물려 나온 피.
품속에 있던 종이로
네가 닦고 버려버린 정원 구석.
색비름 한 줄기만 서 있네.
밤마다 서리가 차가워지면
저녁 바람도 기다리지 못하고
스러져 죽게 될 운명도 모른 채
비단 같은 잎을 말려가며

색을 더하려는 모습이 애달프구나.

병든 나비가 있어

상처 입은 날개로 비틀거리며

철 지난 꽃과 같은 색비름의

스러져 시들 운명의 잎 그늘.

깃든 꿈마저

이뤄질 틈 없는 늦가을의

저물녘 정원 구석.

너와 헤어져 홀로 남아,

스러져 죽어야 할 색비름 한 줄기와

나란히 선 내 마음은 어찌할꼬.

병자년 10월 30일 탈고

작후췌언(作後贅言)[*]

무코지마 데라지마마치의 유곽 견문기를 쓰며 나는 이를 『묵동기담』이라 명명하였다.

여기서의 묵(墨) 자는 하야시 줏사이^{**}가 스미다 강을 표현하려고 일부러 만든 것으로, 그의 시집에는 '묵상어요(墨上漁謠)'라는 제목의 시가 들어 있다. 분카(1804~1818년) 시절의 것이다.

막부가 와해되던 때에 나루시마 류호쿠^{***}가 시타야 이즈미바시 거리에 있는 하사받은 집에서 나와 무코지마 스사키무라의 별장에서 살게 되면서 시문에 이 묵 자가 많이 쓰이게 되었다. 그때부터 다시 이 묵 자가 문인과 묵객들 사이에서 널리 사용되었으나, 류호쿠가 죽은 뒤부터는 자연스레 낯선 글씨가 되었다.

---

* 贅言: 쓸데없는 군더더기 말.
** 林述齊(1768~1841): 에도 시대 후기의 유학자.
*** 成島柳北(1837~1884): 에도 시대 말기의 인물. 유학자, 문학가이자 저널리스트.

부쓰 소라이*는 스미다 강을 도코(澄江)라 부른 것 같다. 덴메이(1781~1789년) 시절에는 스미다 제방을 가쓰하(葛坡)라 부른 시인도 있었다. 메이지 초기 시문의 유행을 연구하면서 오노 고잔**은 무코지마(向島)라는 글자는 품위가 없고 세련되지도 못하다 하며 소리만 따서 무코슈(夢香洲)라는 세 글자를 고안하였으나 이마저도 얼마 지나지 않아 잊히고 말았다. 지금 무코지마 기녀 거리에 가면 무코소(夢香莊)라는 이름의 여관이 있다. 오노 고잔의 풍류를 이으려 한 것인지 아직은 소상히 밝혀지지 않았다.

데라지마마치 5번가에서 6번가, 7번가 쪽으로 걸쳐진 좁고 경사진 땅은 시라히게 다리 동쪽으로 4, 5백 미터 정도 떨어진 곳에 있었다. 그곳은 스미다 제방 동북쪽이라 묵상(濹上)이라 하기에는 조금 먼 듯하여 나는 이를 묵동(濹東)이라 부르기로 했다. 처음 『묵동기담』의 초고를 탈고했을 때는 지명을 따서 '다마노이 조시'***라 부르려 했으나, 나중에 조금 떠오르는 바가 있어, 지금 세상과는 연이 멀어져버린 '묵'이라는 글자를 써서 짐짓 풍아를 가장해본 것이다.

나는 10여 년 전에 이노우에 아아를 잃고, 작년 봄에는 고지로 소요 옹의 부고를 들은 뒤부터 소설 제목을 지을 때도 의견을 물어보거나 토론을 할 만한 사람이 사라진 상태였다. 만약 소요 옹이 살아 있을 때 『묵동기담』을 썼더라면, 나는 원고를 탈고하자마자 바로 옹이 잠시 머물던 센다기마치로 달려가 옹에게 읽어달라고 성가시게 부탁했을 것이다.

---

* 에도 시대 중기의 유학자 · 사상가 · 문헌학자인 오규 소라이(荻生徂徠, 1666~1728)의 별칭.

** 小野湖山(1814~1910): 에도 막부 말기부터 메이지 시대의 한시 작가.

*** 雙紙: 에도 시대의 삽화가 들어간 대중소설.

왜냐하면 옹은 나보다도 훨씬 전부터 그 미로 같은 동네의 상황을 잘 알았으며, 사람들에게 자주 이야기했기 때문이다. 그 지역에 대한 이야기가 나오면 옹은 우선 옆 사람에게 만년필을 빌리고 골든배트 담배 상자 속의 내용물을 끄집어낸 다음에 그 종이 뒷면에 시내에서 미로로 가는 길을 지도로 그리고, 이어서 골목 출입구를 표시한 다음 어디에서 갈라지고 어디에서 다시 만나는지를 설명해주곤 했는데, 정말 모든 길을 손바닥 들여다보듯 훤히 알고 있었다.

　그맘때 나는 거의 매일 밤 긴자 오와리초 네거리에서 옹과 만났다. 옹은 사람을 기다릴 때 카페나 찻집에 가는 법이 없었다. 기다리던 사람이 오고 대화를 나눌 준비가 다 되어야만 음식점 의자에 앉았다. 그전까지는 큰길 한구석에서 시간을 계산하며 만나기로 한 사람을 기다렸는데, 생각했던 것보다 늦어 시간을 허비하는 일이 생기더라도 옹은 결코 화를 내거나 서운해하지 않았다. 옹이 거리에 서 있는 것은 약속한 사람을 기다리기 위해서만은 아니었다. 오히려 그 시간을 이용해 거리의 광경을 관찰하는 것을 즐겼다. 옹이 생전에 가끔씩 보여주던 수첩에는 "모년 모월 모일에 모처에서 보고 있었더니 몇 시부터 몇 시까지 지나가는 여자가 대략 몇 명이었으며 그중에서 서양식으로 입은 사람이 몇 명, 손님이랑 함께 걷는 여급 같은 여자가 몇 명, 거지 걸립꾼이 몇 명" 등의 내용들이 기록되어 있었다. 이는 모두 거리 모퉁이나 카페 앞 나무 아래에서 사람들을 기다리는 동안에 연필로 쓴 것이었다.

　늦더위가 유난히 기승을 부리던 올해 어느 날 밤 다마노이 이나리 신사 앞 골목을 지나갈 때, 꼬치집인지 어딘지 포럼 아래에서 샤미센을 품에 안고 나온 열일고여덟쯤 되어 보이는 꽤 단정하게 생긴 걸립꾼이 날 보고 '아저씨'라고 다정히 부른 적이 있었다.

"아저씨, 여기도 놀러 오는 거야?"

처음에는 누군지 전혀 알 수 없었지만 걸립꾼 여자가 송곳니를 드러내며 웃는 입 모양을 보고는 4, 5년 전쯤에 긴자 뒷골목에서 소요 옹과 함께 그 아이와 이야기를 나눈 적이 있다는 기억이 떠올랐다. 옹은 긴자 고마고메에 있는 집에 돌아갈 때면, 항상 오와리초 네거리나 긴자 3번가의 마쓰야 앞에서 마지막 전차를 기다리며 같은 정류장에 서 있는 꽃장수나 점쟁이, 걸립꾼 들과 이야기를 나누곤 했다. 차를 탄 후에도 상대가 피하지 않는 한 계속 말을 거는 편이라 그 걸립꾼 여자아이와는 꽤 오래 전부터 알고 지낸 편이었다.

걸립꾼 여자아이는 긴자 뒷골목에서 가끔 보던 시절엔 아직 몸에 맞춰 줄인 어린애들 옷을 입고 있었고, 샤미센 대신에 양손에는 죽박*을 들고 다녔다. 머리는 양쪽으로 틀어 올리고 검은 옷깃에 붉은 깃을 더 단 긴 기모노에 붉은 오비를 두르고 있는 모습이나, 붉은 끈을 달고 검게 칠한 나막신을 신은 모습은 기다유**를 하는 여자의 제자나 변두리 유곽의 어린 기생처럼 보였다. 갸름한 얼굴이나 목과 어깨가 마른 몸을 보니, 역시나 그쪽 사람들에게서 주로 나타나는 전형적인 모습이었다. 어떻게 자랐는지 혹은 어떤 성격인지도 뻔하니 굳이 물어볼 필요도 없어 보였다.

"그야말로 처녀가 다 됐네. 꼭 게이샤 같아 보이는군."

"호호호호, 우습진 않고?" 여자는 비녀를 고쳤다.

"우습기는. 너도 긴자에서 일을 배웠잖아."

"그치만 나 이제 거긴 안 가는걸."

"여기가 더 좋아?"

---

　* 댓조각 두 개씩을 양손에 쥐고 손바닥을 움직여 소리 나게 하는 간단한 악기.
** 기다유부시, 샤미센을 연주하며 이야기를 들려주는 것.

"여기든 어디든 좋을 건 없어. 그래도 긴자에선 공친 다음에 걸어서 집에 갈 수도 없고. 어쩔 수 없잖아."

"너 그때 야나기지마가 고향이랬지?"

"응, 지금은 우케지로 이사 왔어."

"배는 안 고프고?"

"아직 이른걸."

긴자에서는 전찻삯을 준 적도 있기에 그날 밤엔 만나서 반가웠다고 50센을 주고 헤어졌다. 그 후로 한 달이 지나 길가에서 만난 적은 있었지만, 밤이슬이 차가워지면서 내가 그 동네로 산책을 나가는 일도 점점 줄어들었다. 하지만 그 동네는 밤바람이 사무치도록 추워질 무렵부터 바빠진다 하니, 그 여자아이도 그때부터 매일 밤 탐닉으로 가득 찬 그 거리를 걷곤 했을 것이다.

*

소요 옹과 함께 밤중에 긴자에서 처음 그 여자아이와 만났던 때와 올해 우연히 데라지마마치에서 마주쳤을 때를 비교해보니, 벌써 5년이라는 세월이 흘러 있었다. 그사이 벌어진 변화들을 두고 단지 어린 기생 같던 그 여자아이가 어린애 티를 벗고, 양쪽으로 나누어 올리던 머리 모양을 시마다 머리로 바꾼 것과 비슷한 종류라고만 여겨서는 안 될 것이다. 죽박을 들고 다니며 셋쿄*를 부르던 아이가 샤미센을 연주하며 유행가를 부르는 여자가 되어버린 것은 장구벌레가 모기가 되거나, 알에서

---

* 説經: 경문에 가락을 붙여 샤미센 연주와 함께 들려주던 에도 시대 초창기의 노래.

태어난 것이 모쟁이가 되고 모쟁이가 숭어가 되는 것처럼 자연스러운 진화일 뿐이다. 마르크스를 논하던 사람이 주자학을 신봉하게 된다면 이는 진화가 아니라 다른 것으로 변한 것이다. 전자는 덧없는 것에 지나지 않으며 후자는 별안간 나타난 것이다. 소라게가 살 것처럼 보이는 껍질 속에 다른 생물이 살고 있는 경우와 같은 것이다.

우리네 도쿄 서민들이 만주 벌판에서 무슨 일이 벌어졌는지 알게 된 것은 그보다도 전인 쇼와 5, 6년 사이에 있던 일이다. 아마도 그해 가을이었던 것 같은데, 나는 쇼콘샤* 경내에 있는 은행나무를 둘러싸고 사흘 정도 참새 떼들이 영역 다툼을 한다는 이야기를 듣고, 마지막 날 아침에 고지마치의 여자들과 함께 구경을 하러 갔다. 또 그보다도 앞선 어느 여름에는 아카사카 미쓰케** 해자에 깊은 밤마다 사람들의 발걸음이 끊기면 커다란 두꺼비가 나타나 비통한 소리를 내며 울어댄다는 소문이 돌았는데, 어떤 신문사는 그 두꺼비를 잡아오는 사람에게 상금으로 3백 엔을 주겠다는 광고를 내기도 했다. 그 바람에 비 오는 날 밤마다 사람들이 엄청 몰려들었는데, 상금을 받았다는 사람에 대한 얘기는 듣지도 못한 채 그 소문도 어느새 연기처럼 사라지고 말았다.

참새들의 영역 다툼을 보러 갔던 그해 연말 어느 날 오후, 가사이무라 해변을 거닐다가 길을 잃는 바람에 해가 진 다음부터는 등불을 이정표 삼아 한참을 헤매다가 후나보리 다리를 알아보고 전차를 두세 번 정도 갈아탄 뒤 스사키 시영 전차 종점에서 니혼바시 네거리까지 온 일이

---

* 招魂社: 메이지유신 전후부터 나라를 위해 희생한 사람들을 기리기 위한 신사. 도쿄에 있던 쇼콘사는 1879년부터 천황의 명에 따라 야스쿠니 신사로, 기타 지역에 있는 쇼콘샤들은 고코쿠 신사로 명칭이 바뀜.
** 에도성 주변 36개 감시소 중 하나.

있었다. 전차를 타고 어둑어둑한 후카가와 거리를 지나다가 시로키야 백화점 옆쪽에 내려 접한 밝은 등불과 어수선한 연말 분위기, 라디오에서 나오던 군가들은 밤이 다 되도록 종일 인적 드문 마른 갈대 해변을 헤매던 내게 굉장히 이상한 인상을 안겨주었다. 다시 차를 갈아타려고 시로키야 백화점 앞에서 서성이다가, 가게 유리창 안쪽에 불길이 여기저기서 치솟아 오르는 노란 황야를 배경으로 털옷을 입힌 군인 인형들을 여럿 진열해둔 광경을 보고는 또 한 번 놀랐다. 그러다 바로 거리를 가득 채운 인파로 시선을 돌려보았는데, 매년 연말 보는 것과 다를 것 하나 없이 똑같은 모습으로 특별히 걸음을 멈추고 인형들이 이룬 진영을 바라보는 사람은 없는 것 같았다.

긴자 거리에 버드나무 묘목을 심고, 인도 양쪽 조화들 사이에 붉은 대 초롱을 놓아두어 마치 시골 연극에나 나올 법한 거리처럼 보이게 된 것은 그다음 해 4월쯤의 일이었다. 나는 긴자 거리에 세워진 붉은 대 초롱들과 아카사카 다메이케 소고기집 난간까지 붉은색으로 칠해진 것을 보고 도민들의 취향이 얼마나 저급해졌는지를 깨닫게 되었다. 가스미가세키 의거*가 세상을 흔들어놓은 것은 버들축제 다음 달의 일이었다. 나는 마침 그날 저녁에 긴자 거리를 돌아다니던 중이어서 『요미우리신문』이 가장 빨리 호외를 돌렸고 그다음으로는 『아사히신문』이 그 뒤를 따랐다는 것을 직접 볼 수 있었다. 날씨도 좋고 일요일인 터라, 그날 저녁 긴자 거리는 많은 인파로 북적였지만 전봇대에 붙은 호외를 보고도 사람들은 특별히 표정으로 무언가를 얘기하지도 않았고, 그 일에 대해 한마디

---

* 1932년 5월 15일 해군 청년장교, 육군 사관후보생, 민간 농본주의자 등으로 구성된 쿠데타군이 수상 관저에 들어가 당시 수상이던 이누카이 쓰요시를 암살한 사건. 이 사건으로 군부가 정계에 진출하게 됐으며 치안유지법이 제정됐다.

라도 의견을 나누는 사람은 없었다. 그저 노점상들만이 쉴 새 없이 장난감 무기의 태엽을 감고 총구에서 물을 발사해댈 뿐이었다.

　소요 옹이 낡은 모자와 닛코 게다를 신고 매일 밤 오와리초 미쓰코시 앞에 나타나게 된 것은 그 무렵의 일이었다. 긴자 거리 여기저기에 장소를 가리지 않고 카페들이 많이 들어서고, 또 특히나 음란한 방향으로 흘렀던 것은 지금 돌아보니 쇼와 7년 여름부터 이듬해에 걸쳐 벌어진 일이었다. 카페라면 어디든 여급을 두세 명가량 가게 앞에 세워두고 지나가는 사람들을 부르게 했다. 뒷길의 바에서 일하는 여자들은 반드시 둘씩 짝을 이루어 큰길로 나온 다음, 산책 중인 사람들의 소맷부리를 잡아당기거나 눈빛으로 유혹을 하곤 했다. 가게에 진열된 물건들을 보는 척 멈춰 선 다음, 홀로 온 듯한 남자 손님을 발견하면 말을 걸고 같이 차나 마시러 가자고 하는 수상한 여자들도 있었다. 백화점에서 판매원들 말고 다른 의도로 많은 여자들을 고용한 다음, 수영복을 입히고 대중 앞에 여자의 살결을 드러내게 한 것도 분명 같은 해에 시작된 일일 것이다. 뒷길에서는 골목 어디에서나 요요라 불리는 장난감을 파는 소녀들을 만날 수 있었다. 나는 젊은 여자들이 고용주의 명령에 따라 가게 앞이나 거리에서 자신의 모습을 드러내며 부끄러워하지도 않고 가끔씩 자랑스레 여기기까지 하는 사람도 있다는 것을 알고는 공창이 부활한 게 아닐까 하는 생각마저 들었다. 그리고 어떤 시대든 여자들을 부릴 때는 어떤 수법이라는 게 존재한다는 사실도 깨닫게 된 것 같았다.

　지하철도는 이미 교바시 북쪽 끝까지 뚫려 있었고, 긴자 거리에는 밤낮없이 땅 밑으로 철근을 박아 넣는 기계음이 울려 퍼졌으며, 인부들은 가게 지붕 아래에서 거리낌 없이 낮잠을 자곤 했다.

　쓰키시마 소학교의 여교사가 밤이면 밤마다 긴자 1번가 뒷길에 있는 라바산이라는 카페의 여급이 되어 매춘을 하다가 남자가 잠들면 물건을 훔쳐왔다는 사실이 밝혀져 신문들은 시끄럽게 보도를 해댔다. 이 또한 같은 해인 쇼와 7년 겨울에 벌어진 일들이었다.

*

내가 처음으로 소요 옹과 교류를 맺게 된 것은 다이쇼 10년 정도부터였다. 그전에도 고서 장터가 설 때마다 만나던 사이였기에, 어느새 서로 말을 주고받는 사이가 되어 있었다. 하지만 그렇게 된 후에도 항상 헌책방 앞에서 만나면 고서 얘기만 하는 사이였기에, 쇼와 7년 여름에 우연히 긴자 거리에서 마주쳤을 때는 생각지도 못한 곳에서 생각지도 못한 사람과 만났다는 생각이 들어 그날 밤은 발걸음을 멈추고 잠깐 이야기를 하다가 헤어졌다.

쇼와 2년인가 3년인가부터 한때 나는 긴자에 가지 않았지만 밤마다 잠을 이루지 못하는 증상이 나이가 들수록 더 심해진 데다 자취에 필요한 식료품들을 사야 하기도 했고, 또 여름이면 이웃집에서 들려오는 라디오 소리를 견디기 힘들어 다시 긴자를 찾아가게 되었다. 그런데 신문이나 잡지에서 나를 비난해댈 것이 두려웠기에 뒷길을 걸을 때도 사람들의 눈을 피했으며, 맞은편에서 어수선한 머리의 남자가 서류 가방이나 신문, 잡지 같은 것을 들고 걸어온다 싶으면 옆 골목으로 돌아가거나 전봇대 뒤에 몸을 숨겼다.

소요 옹은 항상 하얀 버선에 닛코 게다를 신었다. 그 모습은 언뜻 보기에도 요새 사람처럼 보이지 않았다. 그랬기에 내가 현대 문사들을 피하는 연유를 털어놓기 전부터 옹은 그 사정을 전부 이해해주었다. 내가 큰길가에 있는 카페에 가길 꺼린다는 것도 옹은 전부 알고 있었다. 언젠가 옹이 니시긴자 뒷골목에 있는 반사테이라는 인적 드문 찻집으로 나를 데리고 가서 당분간은 그 집에서 만나자고 했던 일도 이런 내 사정을 알고 있었기 때문이었다.

푹푹 찌는 여름날이라 한들, 나는 아무리 목이 말라도 얼음물 말고는 차가운 것을 절대 입에 대지 않는다. 냉수도 되도록 마시지 않으며, 여름이든 겨울이든 언제나 뜨거운 차와 커피를 마셨다. 아이스크림 같은 것도 일본에 돌아와서 한 번도 먹어본 적이 없으니, 긴자를 돌아다니는 사람들 중에서 긴자 아이스크림을 모르는 사람은 아마 나뿐이었을 것이다. 옹이 나를 반사테이로 데려가준 것도 아마 그런 이유 때문이었을 것이다.

긴자 거리의 카페들 중에는 여름에도 뜨거운 차나 커피를 파는 집이 거의 없었다. 양식집이면서 뜨거운 커피를 팔지 않는 집도 있었다. 홍차나 커피의 맛은 절반 정도 향에 좌우되는 것이기에, 얼음으로 차게 식히면 그 향이 완전히 사라지고 만다. 그런데 요새 도쿄 사람들은 차갑게 식어 향을 잃어야만 입에 댄다. 나 같은 옛날 사람에게 이는 참으로 이상한 일로 보일 뿐이다. 다이쇼 초기에는 이러한 기이한 습관이 일반적으로 퍼져 있지 않았다.

홍차든 커피든 다 서양 사람들이 가지고 들어온 것들이다. 그런데 서양 사람들은 지금도 차갑게 마시지 않는다. 이를 미루어보면 홍차나 커피의 진짜 매력은 따뜻할 때 발휘된다는 것을 알 수 있다. 지금 일본의 취향에 맞춰 이를 차갑게 식혀 마시는 것은 원래의 매력을 망가뜨리는 것이며, 마치 외국 소설이나 연극을 일본어로 번역하면서 등장인물의 이름을 일본식으로 바꾸는 것과 같은 짓이다. 나는 뭐든 간에 원래의 것을 망가뜨리는 건 슬픈 일이라 생각하기에, 외국 문학도 외국의 것 그대로 감상하고 싶어 하고, 마찬가지로 음식도 일본인의 손에 의해 변모된 것은 좋아하지 않았다.

반사테이는 수년간 남미의 식민지에서 일했던 규슈 사람이 커피를 팔려고 연 가게로, 여름에도 따뜻한 커피를 팔았다. 그러나 그 집 주인도 소요 옹과 비슷한 시기에 세상을 떠났으며 그 가게 또한 문을 닫아 지금은 존재하지 않는다.

소요 옹과 함께 반사테이에 갈 때면 후덥지근한 좁은 가게와 파리들이 무서워 가게 앞 가로수 아래 의자에 앉아, 자정이 되어 가게 불이 꺼질 때까지 가만히 앉아 있었다. 집에 가봐야 잠들지 못하리라는 걸 알고 있었기에 자정이 넘어서도 갈 만한 곳이 있으면 어디든 가자는 대로 함께 갔다. 나와 함께 가로수 아래 앉아 있는 동안 옹은 반사테이 근처의 라인골트나 맞은편의 사이세리야, 스카알, 오데사 같은 술집에 드나드는 손님들의 수를 세어본 뒤 수첩에 적곤 했다. 그런 다음에는 엔타쿠 기사나 걸립꾼들에게 다가가 말을 걸었다. 그마저도 질리면 큰길가로 나가 물건을 사거나 골목을 돌아다니다 와서는 나에게 무엇을 보고 왔는지 얘기해주었다. 지금 어디 골목에서 무뢰한들이 의식을 치르고 있다든지, 아니면 맞은편 강가에서 수상한 여자가 소매를 잡았다든지, 전에는 어디 여급이었던 여자가 지금은 어떤 가게 주인이 되어 있더라는 등의 이야기였다. 데라지마마치 골목에서 나를 불러 세웠던 걸립꾼을 처음 알게된 것도 분명 그 가로수 아래였을 것이다.

옹과 이야기를 나누면서 내가 발길을 끊었던 3, 4년 사이에 긴자가 완전히 바뀌어버린 상황을 대강 알 수 있었다. 대지진이 일어나기 전 큰길가에 있던 가게들 중, 원래 자리에서 그대로 그 사람이 가게를 하고 있는 집은 손으로 꼽을 만큼 적으며, 지금은 간사이 지방이나 규슈 지방에서 온 사람들에게 경영을 맡긴 집이 많다고 한다. 뒷길 곳곳마다 복어 된장국이나 간사이 지방 음식 간판이 걸리고, 번화가에 노점상들이 늘어난 것도 이상한 일이 아니었다. 지방 사람들이 많아지고 밖에서 음식을 사먹는 사람들이 늘어났다는 것은, 모든 식당들이 장사가 잘된다는 사실이 증명해주고 있었다. 지방 사람들은 도쿄에 대해 잘 모른다. 처음으로 정거장의 구내식당이나 백화점 식당에서 본 것을 가지고 그게 도쿄의 풍습이라 착각들을 하기 때문에, 단팥죽 간판이 걸려 있는 집에 가서는 중국소바가 있냐고 묻고 소바집에서는 튀김을 주문해놓고 거절을 당하자 이상하다는 듯 반응하는 사람들도 적지 않다. 식당 유리창 안쪽에 음식 모형들을 진열해놓고 가격을 함께 써붙이게 된 것 또한 어쩔 수 없는 일이다. 게다가 이 역시 오사카에서 따온 것이라고 한다.

거리에 불이 들어오고 축음기 소리가 들려오면, 취기를 띤 남자들이 네다섯씩 짝을 지어 서로 어깨동무를 하고 허리를 끌어안은 채 긴자 여기저기를 돌아다닌다. 이것 또한 쇼와 시대에 새롭게 등장한 모습이며, 대지진 후에 카페들이 생기기 시작했을 때는 아직 볼 수 없었던 광경이었다. 그 꼴사납고 남은 배려도 하지 않는 행동들에 대해 이유를 소상히 밝혀낼 생각은 없으나, 실제 벌어졌던 일들을 생각해보면 쇼와 2년에 처음으로 미타*의 서생들과 미타 출신의 신사들이 야구를 보고 집에 돌아가는 길에 떼로 긴자 거리를 습격했던 일을 간과해서는 안 될 것이다. 그들은 취했다는 이유로 야시장의 물건들을 발로 밟아 부쉈으며, 카페에 마구 들어가 가게 물건들뿐만 아니라 건물에도 많은 피해를 입혔다. 또 그들을 제압해보려는 경찰들과 싸우기까지 했다. 매년 두 번씩 이런 사

---

* 게이오 대학교.

태가 계속되며 오늘날에 이르고 있다. 나는 이런 짓을 저지른 자제들에게 분개하여 퇴학을 시켰다는 학부형이 있다는 소리를 들어본 적이 없다. 세상 사람들은 모두 서생들의 폭동을 나쁘게 보지 않는 것 같았다. 나도 예전에 메이지에서 다이쇼로 바뀌는 시절에 궁핍함에서 벗어나려 미타에서 교편을 잡았던 적이 있는데 얼른 그만두고 나오길 잘한 것 같다. 그때 경영자 중 한 명이 내게 미타의 문학이 도몬*에 뒤지지 않도록 힘써달란 말을 하기에 어리석다 생각하고 눈살을 찌푸린 적도 있었다. 그들은 문학예술을 야구와 같은 것으로 보고 있었던 것이다.

나는 원래부터 세력을 만들고 무리를 지어 그 힘을 빌려 움직이는 것을 싫어했다. 오히려 이를 두고 비겁한 일이라 여기며 멀리하고 있었다. 치국에 관한 이야기는 이것과는 별개라 해두고 싶다. 문화예술계에서 노니는 자들이 종종 단체를 만들어 몰려다니며 자신의 말을 잘 듣는 사람들은 칭송하고 자신을 따르지 않는 사람들은 제압하려 하는데, 나는 이를 비겁하며 어리석다 여기고 있는 것이다. 일례로 전에 문예춘추사 무리들이 쓰키지 소극장 무대에 그들 무리의 작품을 올리지 못했던 일을 가지고, 오사나이 가오루**의 극문학 해석이 잘못된 것이라고 주장했던 일을 들 수 있을 것이다.

기러기는 하늘을 날며 열을 지어 스스로를 보호하려 애쓰지만 휘파람새는 깊은 골짜기에서 나와 키 큰 나무로 옮겨 갈 때조차 무리를 짓지도 열을 만들지도 않는다. 그래 봐야 기러기는 여전히 사냥꾼의 총알을 피하지 못하지 않는가? 무리를 짓는 일이 반드시 제 몸을 지키는 일이라

---

 * 와세다 대학교.
** 小山内薰(1881~1928): 메이지 시대 말기부터 다이쇼·쇼와 초기까지 활동한 극작가·연출가·비평가. 일본 연극계 개혁에 힘썼다.

고는 볼 수 없다.

몸을 파는 여자들만 보더라도 서로 뭉쳐 안전을 꾀하려는 무리가 있는가 하면, 혼자 초연히 버티며 더욱 처량해 보이는 이들이 있다. 긴자 큰길가에 있는 불빛이 화려한 카페들을 성곽 삼아 자신들의 단체를 아카구미나 시로구미라 부르며 손님들의 돈을 뜯어대는 것은 여급 무리들이다. 보자기를 끌어안고 가끔 우산을 든 채 야시장 인파에 섞여 행인들을 꾀어내는 여자는 독립한 창기들이다. 이 둘은 겉보기에 아주 다르게 보일지 모르나, 경찰에게 쫓긴다는 점이나 항상 위험에 놓여 있다는 점에서는 다를 바 하나 없다.

*

올해 쇼와 11년 가을, 데라지마마치에 가던 중에 아사쿠사 다리 부근에서 장식으로 꾸며진 전차*를 보려는 사람들이 길가를 둘러싼 모습을 보았다. 자세히 보니 손마다 들고 있는 승차권은 보통 것보다 컸고, 시영전차 25주년 기념이라는 글씨가 적혀 있었다. 무슨 일이 있을 때마다 도쿄의 거리에는 이런 장식으로 꾸며진 전차들이 달리곤 했다. 지금으로부터 5년 전, 소요 옹과 니시긴자 반사테이에서 매일 밤을 함께 보내던 시절, 가을도 벌써 추분을 넘어섰을 때의 일일 것이다. 급사가 우리에게 지금 막 장식 전차가 긴자를 통과했다는 이야기를 해주었다. 그리고 그 전차를 보고 온 사람들로부터 그날의 장식 전차가 도쿄 부에 속해 있던 마을들이 시내로 편입된 것을 기념하기 위한 전차였다는 이야기

_____

* 손님을 태우지 않고 장식만 하여 무언가를 기념하기 위한 전차.

도 들었다. 그보다 앞서 아직 늦더위가 가시지 않았던 날에는 히비야 공원에서 도쿄온도*라는 공개 무도회가 열리기도 했다는 이야기도, 마찬가지로 그걸 구경하고 온 사람에게 전해 들었다.

도쿄온도는 전에 군에 속해 있던 마을들이 시로 합병되어 도쿄 시가 넓어진 것을 기념하기 위해 열린 것으로 알려졌으나, 실은 히비야 구석에 있는 백화점의 광고였다. 그 백화점에서 만든 유카타를 사야만 입장권을 얻을 수 있었던 것이다.

어쨌든 도쿄 시내의 공원에서 젊은 남녀가 참가하는 무도회를 연다는 것은 그때까지 단 한 번도 허용되지 않았던 일이었다. 메이지 말기에는 지방 농촌 마을의 봉오도리**마저도 도지사의 명에 의해 금지되곤 했다. 도쿄에서도 먼 옛날 에도 시절에는 야마노테*** 지역에 한해 시골에서 온 하인들이 봉오도리를 출 수 있었지만, 일반 서민들은 우지가미**** 제례를 하며 수고했다고 봉오도리를 추는 풍습은 없었다.

대지진 전 매일 밤 제국호텔에서 무도회가 열렸을 때 애국지사가 일본도를 휘두르며 장내에 들이닥친 이후로 무도회를 열지 않게 되었다는 이야기를 들은 적이 있기에, 나는 내심 히비야 공원에서 열리는 도쿄온도에서도 그런 소동이 일어나지 않을까 기대했으나 일주일 동안 아무 일 없이 잘 마무리되었다.

"이건 좀 의외인 것 같은데요." 나는 소요 옹을 보며 말했다. 옹은 성긴 수염을 기른 입가에 미소를 띠며 대답했다.

---

　　* 音頭: 여러 사람이 같은 음악에 맞추어 춤을 추는 것.
　　** 음력 7월 15일에 남녀가 모여 추는 춤.
　　*** 고지대에 있던 무관들이 사는 지역. 상공업이 성행하던 저지대는 시타마치라고 불렸음.
　**** 氏神: 신도에서 같은 지역 사람들끼리 모시는 신.

"온도에서 추는 춤과 무도회에서 추는 서양 댄스는 다르기 때문에 그런 것 아닐까요?"

"하지만 많은 남녀가 한데 모여 춤을 춘다는 건, 결국 똑같은 거 아닙니까?"

"그야 그렇지만 온도는 남자든 여자든 양장을 입지 않습니다. 유카타를 입고 추는 거니까 괜찮았겠지요. 몸을 드러내지 않으니 괜찮았을 겁니다."

"그렇군요. 하지만 몸이 드러나는 걸로 말하면 유카타가 더 드러나지 않나요? 여자 양장이야 가슴이 보이지만, 허리 아래는 안 보이지 않습니까? 유카타는 그와 반대잖아요."

"아니요. 선생님처럼 논리적으로만 생각하면 아무것도 이해할 수 없을 겁니다. 대지진 때 야경단 사내가 양장 차림의 여자를 심문한 적이 있습니다. 그때 뭔가 성질을 건드리는 말을 하는 바람에 여자 옷을 벗기고 신체검사를 했다는 둥 소란이 났던 적이 있었지요. 야경단 사내도 양장 차림이었습니다. 그러면서도 여자가 양장 차림인 걸 보고는 화를 냈다고 하니 논리적으로는 이해할 수 없는 일이지요."

"그러고 보니 여자가 양장 차림을 하는 것도 대지진 때는 신기한 일이었죠. 지금이야 길거리에 지나다니는 여자들 절반 정도가 양장을 하고 있지만, 카페 타이거의 여급도 2, 3년 전부터 여름에는 양장을 하는 이들이 많아진 것 같습니다."

"무단(武斷)정치 시대로 돌아간다면 양장 차림 여자들은 어떻게 될 것 같습니까?"

"춤도 유카타를 입고 추면 괜찮다고 하니 양장은 유행하지 않게 될지도 모르겠네요. 하지만 요새 여자들, 양장을 못한다 하더라도 일본 옷을 입을 것 같지는 않습니다. 한번 무너진 게 다시 부활하는 일은 없으니까요. 연극도 그렇고 취미 활동들도 그렇습니다. 글도 똑같지 않습니까? 한번 무너진 것은 바로잡으려 해도 다시는 바로잡을 수 없습니다."

"구어체이기는 해도 오가이* 선생의 글만은 소리 내어 읽을 만하지요." 소요 옹은 안경을 벗고 두 눈을 감은 다음 『이자와 란켄**전』의 마지막 구절을 읊었다. "나는 학식 없음을 근심한다. 상식이 없는 것은 걱정하지 않는다. 천하는 상식이 풍부한 사람이 많은 것을 견디지 못한다."

*

이런 대화를 나누다 보면 생각보다 밤도 빠르게 깊어져, 왠지 모르게 자정을 알리는 핫토리 시계탑의 종소리가 낯설게 들려오곤 했다.

뭐든 고증하기를 좋아하는 옹은 종소리를 들을 때면 메이지 초기에는 대지진 전까지 하치칸초에 있던 고바야시 시계집 종소리가 신바시의 팔경으로 꼽혔다는 이야기를 하기도 했다. 나는 메이지 44, 45년쯤에 매일 밤 기방 2층에서 여자가 돌아오기를 기다리며 그 커다란 시계 소리에 귀를 기울였던 추억을 떠올리곤 했다. 우리는 종종 미키 아이카***의 『소설 게이샤 세쓰요』**** 같은 이야기를 화제로 삼기도 했다.

시간이 되면 반사테이 앞길에는 집으로 돌아가는 여급이나 취객들을 태우려는 엔타쿠가 몰려들었다. 주변 술집 중 내가 이름을 기억하고

---

　* 森鴎外(1862~1922): 메이지·다이쇼 시대의 소설가·논평가·번역가.
　** 伊澤蘭軒(1777~1829): 에도 시대 말기의 의사·유학자.
　*** 三木愛花(1861~1933): 메이지·다이쇼 시대의 신문기자.
**** 미키 아이카의 『신바시 8경 게이샤 세쓰요』를 가리키는 다른 이름. '세쓰요'는 에도 시대에 통용되던 실용사전을 가리킨다.

있는 집은 반사테이 맞은편의 오데사, 스카알, 사이세리야. 그리고 같은 방향에 있던 집들 중에는 물랭루즈, 실버슬리퍼, 라인골트 등이 있었다. 그리고 반사테이와 여염집 사이의 뒷골목에는 뤼팽, 스리시스터, 시라무렌 같은 이름의 가게들이 있었다. 지금도 몇몇은 있을지도 모른다.

핫토리의 종소리가 울리면 술집이나 카페들이 일제히 바깥의 등불을 끄므로 거리는 갑자기 어둑어둑해진다. 또한 몰려든 엔타쿠들은 손님을 태우고서도 경적만 울리다가 움직이지 못할 정도로 길이 혼잡해 기사들끼리 싸우기도 했다. 그러다 순사가 나타나면 한 대도 남지 않고 다 도망가버렸지만, 잠시 후 다시 원래대로 그 주변 일대가 휘발유 냄새로 가득 찰 정도로 몰려들곤 했다.

소요 옹은 언제나 골목을 빠져나온 다음 뒷길을 통해 오와리초 네거리까지 가서는, 먼저 몰려와서 막차를 기다리고 있는 여급들이 있으면 함께 서서 전차를 기다렸다. 그러다가 낯익은 얼굴을 발견하면 상대방이 당황하거나 말거나 커다란 목소리로 말을 걸었다. 옹은 매일 밤 쌓은 경험으로 전차 어느 선에 여급들이 가장 많이 타는지, 또 어느 방면으로 가는 사람이 가장 많은지 잘 알고 있었다. 자랑처럼 들려주는 그 이야기에 푹 빠져 열심히 듣다 보면 막차를 놓치는 경우도 가끔 있었는데, 그럴 때도 옹은 당황하지 않고 오히려 잘됐다는 듯이 "선생님, 좀 걸어서 가볼까요? 저기까지 같이 가드리죠"라고 했다.

옹의 불우했던 생애를 생각해보면, 그것은 마치 기다리고 있던 막차를 놓치고도 낭패한 기색을 보이지 않았던 태도와 아주 닮아 있었다. 옹은 고향의 사범학교를 나온 뒤 중년이 다 되어서야 도쿄로 건너와 해군성 문서과, 게이오 대학교 도서관, 잇세이도 서점 편집부 같은 곳에서 일을 해왔지만 오래 머문 곳은 없으며, 만년에는 오로지 문필 활동에만 전념하였으나 그조차도 수없이 실패로 돌아갔다. 그러나 옹은 크게 슬퍼하지 않고 여유로울 때마다 대지진 후의 시정 풍속 관찰을 즐겼다. 옹과 알고 지낸 사람들은 그 느긋한 모습을 보고 고향에 재산이 있을 거라 생각했으나, 쇼와 10년 봄 그가 갑작스레 세상을 떠나자 그의 집에는 고서와 갑옷, 투구, 분재 외에 재산이라곤 한 푼도 없었다는 사실을 알게 되었다.

그해 긴자 큰길은 지하철도 공사가 한창이었는데, 야시장이 없어지고 엄청난 소음이 들려오면서 인부들의 무시무시한 모습을 자주 보게 되어, 옹과 나는 밤 산책 길을 우선 오와리초 모퉁이로 바꿨다가 바로 뒷길로 옮기면서 저절로 시바구치 쪽으로 향하게 되었다. 도바시나 나니와바시를 지나 공영철도 철교를 지나면 어두운 벽에 혈맹단을 석방하라는 식의 불온한 말들이 적힌 종이가 붙어 있었다. 그 밑에서는 언제나 거지들이 잠을 자고 있었다. 철교 아래로 빠져나오면 인도 한편으로 '영양의 왕좌'라 적힌 간판을 내걸고는 네모난 수조에 뱀장어를 헤엄치게 하고 낚싯바늘을 파는 노점들이 사쿠라다혼고초 네거리까지 수없이 이어져 있었다. 귀가 중인 카페 여급들과 그 근방의 한량처럼 보이는 사내들이 여럿 모여 있곤 했다.

뒷길로 돌아가면 정거장 개찰구 맞은편에 외줄기 길이 하나 있었는데, 그 길 양쪽에는 초밥집과 작은 식당들이 쭉 이어졌다. 그중에는 내가 잘 아는 가게도 하나 있었다. 구이집 긴베에라는 포렴을 걸어둔 집이었는데, 그 집 여주인은 20여 년 전에 내가 소주로초 기방에서 지내던 무렵 맞은편 기방에 있던 명기라 불리던 여자였다. 분명 그 해 봄쯤에 그 긴베에라는 가게를 열었는데, 나날이 장사가 잘되어 지금은 가게 내부도 개축하였고 몰라볼 정도로 커졌다.

그 골목에는 대지진 후에도 기생을 불러 놀 수 있는 집이나 게이샤 집들이 많이 있었지만, 긴자 거리에 카페가 퍼지기 시작하면서부터는 점점 식당이 늘어나게 되어 밤중에 공영철도 전차를 타러 가는 사람들이나 집에 가려는 카페의 남녀들을 위해 대체로 새벽 2시까지는 불을 밝히고 있었다. 초밥집이 많아서 초밥 골목이라 부르는 사람도 있었다.

도쿄 사람들이 자정을 넘기면서까지 술을 마시게 된 것을 보니 언제부터 이러한 새로운 풍습이 생겼는지 궁금해졌다.

요시와라 근처를 빼놓으면 대지진 전에는 도쿄 시내에서 자정이 지난 후에도 불을 끄지 않는 식당이라곤 소바집밖에 없었다.

소요 옹은 내 궁금증에 대해 요새 사람들이 밤늦게까지 먹고 놀게 된 것은 공영철도 전차가 운행 시간을 새벽 1시까지 연장한 데다, 예전에는 시내를 1엔에 다니던 택시가 요금을 50센 혹은 30센까지 내려버렸기 때문이라고 알려주면서, 언제나 그랬듯 안경을 벗고 그 가느다란 눈을 깜빡였다. "이런 모습을 보고 도덕을 논하는 자들은 크게 개탄하겠지요. 저는 술도 마시지 않고 날음식도 먹지 않으니 별 상관은 없지만, 만약 현대의 이런 풍속을 바로잡고 싶다면 교통을 불편하게 돌려놓아 메이지 시대처럼 만들어버리면 될 겁니다. 그게 아니라면 자정을 넘겼을 때부터는 엔타쿠 요금을 아주 비싸게 받게 한다든지요. 지금은 늦은 시간일수록 엔타쿠 요금이 낮보다 절반은 더 싸니까요."

"하지만 요새 세상을 보면 지금까지의 도덕이나 그런 걸로는 다스릴 수 없을 것 같습니다. 이 모든 일을 정력 발전의 한 현상이라 생각한다면 암살이든 간음이든 무슨 일이 벌어져도 그리 놀랄 필요가 없을 겁니다. 여기서 정력 발전이라 한 것은 욕망을 추구하는 열정을 가리키는 것입니다. 스포츠 유행, 댄스 유행, 여행이나 등산 유행, 경마나 그 밖의 다른 도박들의 유행, 그 모든 것이 욕망을 발전시키려는 현상들입니다. 이 현상에는 현대사회 특유의 특징이 드러납니다. 그것은 남보다 자신이 더 잘났다는 사실을 다른 이들에게 알리고, 또 스스로도 그렇게 믿고 싶어 하는 개인의 마음입니다. 우월하다고 느끼고 싶다는 욕망입니다. 메이지 시대에 자란 저는 그런 건 느껴본 적이 없습니다. 있다고 해도 아주 조금 입니다. 이게 바로 요새 사람들과 우리들의 차이라 생각합니다."

엔타쿠가 경적을 울리며 지나다니는 길가에 선 채로 오래 이야기를 나누기가 좀 그래서, 옹과 나는 마침 서너 명의 여급이 손님처럼 보이는 남자와 함께 건너편 초밥집으로 들어가는 것을 보고 그 뒤를 따라 들어가보았다. 요새 사람들이 언제 어디서나 얼마나 치열하게 우열함을 자랑하려 하는지는 뒷길의 그 초밥집에서도 쉽게 알 수 있었다.

그들은 가게 안에 들어가자마자 눈빛이 달라지더니, 빈자리를 발견하고는 바로 사람들 사이를 헤집고 돌진했다. 음식을 주문할 때도 남들보다 먼저 주문하려 커다란 소리를 내며 탁자를 쳐대고 지팡이로 바닥을 두드리며 종업원을 불렀다. 아예 그조차도 기다리지 못하고 자리에서 일어나 주방을 들여다보며 요리하는 사람한테 직접 명령을 내리는 이들도 있었다. 일요일에 놀러 나갔다가 기차 안에서 빈자리를 보면 이를 차지하려고 승강장에서 여자아이를 밀어낼 작자들이었다. 전장에서 가장 먼저 공을 세우는 것도 그런 사람들이다. 승객이 많이 타지 않은 전차 안에서도 그런 사람들은 다리를 쩍 벌리고 앉아 자리를 마음껏 차지한다.

무슨 일이든 연습을 해봐야만 한다. 그들은 우리처럼 걸어서 통학을 한 사람들과는 달리, 소학교 시절부터 혼잡한 전차에 뛰어올라 타고, 혼잡한 백화점이나 활동사진관의 계단을 오르내리며 경쟁하는 생활에 익숙해져 있다. 자신의 이름을 알리기 위해서라면 전교생 대표로 장관이나

고관들에게 편지를 보내는 일조차 조금도 두려워하지 않는다. 스스로 어린애는 순수하니 뭘 해도 괜찮다, 무슨 짓을 저지르든 나무랄 이유가 없을 거라고 넘겨버린다. 그런 애들이 자라나 남보다 먼저 학위를 따려 하고, 남보다 먼저 직장을 구하려 하고, 남보다 먼저 부를 축적하려 한다. 이러한 노력만이 그들의 삶이며, 다른 것은 아무것도 없다.

엔타쿠 기사도 이러한 현대인 중 한 사람이다. 그렇기에 나는 마지막 전차가 끊긴 뒤 집에 가려고 엔타쿠를 잡을 때마다 이유 없는 공포를 느끼는 것이다. 되도록 요새 사람들의 우월한 감각과는 거리가 멀어 보이는 기사를 찾아야만 한다. 만약 이를 귀찮아한다면, 내 이름은 곧바로 이튿날 신문에 교통사고 희생자로 등장하게 될 것이다.

*

창밖에서부터 들려오는 사람들의 이야기 소리와 빗자루 소리에 평소보다 일찍 눈이 떠졌다. 이불 속에서 손을 뻗어 머리맡 쪽에 있는 창문 커튼을 걷어보니, 아침 햇살은 처마를 뒤덮은 모밀잣밤나무 수풀을 비추며, 담장 근처의 감나무에 아직도 걸려 있는 감들을 한층 더 선명하게 밝히고 있었다. 빗자루 소리와 이야기 소리는 이웃집 하녀와 우리 집 하녀가 담장을 사이에 두고 수다를 떨며 각자의 정원에 떨어진 낙엽을 쓸어내는 소리였다. 마른 잎들이 바람에 흔들리는 소리가 평소보다 더 가깝게 들렸던 것은 양쪽 정원을 가득 채웠던 낙엽이 단번에 한쪽 구석으로 치워졌기 때문이었다.

나는 매년 겨울 아침에 일어날 때 낙엽을 쓸어내는 그 소리를 들을 적마다 항상 "노인의 근심은 낙엽처럼 쓸어도 멈추지 않고 바스락거리는 소리 속에서 가을을 보내네"라는 다치 류완*의 시를 속으로 떠올렸다. 그날 아침에도 그 시를 중얼거리며 잠옷 차림으로 창가 앞에 섰는데, 잘 보니 절벽 위 팽나무의 누런 잎도 거의 다 떨어져버렸고 그 가지 끝에서 물까치가 날카로운 소리를 내며 울고 있었다. 또 정원 구석에 피어 있던 노란 털머위꽃 위에는 고추잠자리가 앉아 있었다. 그 밖에도 수없이 많은 고추잠자리들이 투명한 날개를 반짝이며 맑게 갠 파란 하늘 위를 높이도 날고 있었다.

흐린 날이 많았던 11월 날씨도 2, 3일 전에 퍼붓던 비와 바람이 멎은 후부터는 안정되어 그야말로 소동파가 "일 년 중 경치 좋을 때 잊지 말게나"**라고 했던 것처럼 음력 10월 호시절이 된 셈이었다. 지금까지는 한두 줄기 실낱처럼 살아남아 울어대던 벌레들 소리도 완전히 사라지고 말았다. 귓가에 들려오던 소리들이 모두 어제의 것과는 다르니, 올가을은 흔적 없이 지나가버릴 것 같다는 생각이 들어 늦더위 속에서 꾼 꿈이나 시원한 달밤의 풍경들도 마치 아주 먼 옛날의 일들처럼 느껴졌다…… 하지만 매년 보는 것과 다르지 않았다. 매년 변하지 않는 것들에 대해 느끼는 감회 또한 달라지지 않았다. 꽃이 지고 잎이 떨어지는 것처럼, 나와 가깝게 지내던 사람들은 한 사람씩 줄지어 이 세상을 떠나버렸다. 나 또한 그들과 마찬가지로 그 뒤를 따라야 할 날이 머지않음을 안다. 오늘은 하늘도 맑게 개었으니 그들의 무덤을 돌봐주러 가보자. 낙엽은 우리 집 정원처럼 그들의 무덤도 뒤덮고 있을 테니.

쇼와 11년 병자년 11월 탈고

---

* 館柳灣(1762~1844): 에도 시대 후기의 한시 작가.

** 소동파가 벗 유경문에게 보낸 「증유경문(贈劉景文)」에 나오는 구절.

스미다 강

1

　하이카이* 작가 쇼후안 라게쓰는 올해 우란분회**에도 이마도***에서
도키와즈****를 가르치는 여동생을 보러 가지 못했다는 생각에 계속 마음
이 쓰였다. 하지만 한여름 무더위에 집을 나서기가 그리 쉽지만은 않아
라게쓰는 해가 지기를 기다렸다. 그러다 저녁이 되면 나팔꽃이 휘감긴
대나무 울타리 근처에서 간단히 몸을 씻고, 옷도 입지 않은 채 반주를
따랐다. 겨우 밥상을 물릴 즈음, 해 질 녘 여름 하늘은 집집마다 올라온
모깃불 연기와 함께 순식간에 밤하늘로 변해 있었다. 분재를 세워둔 창
너머로는 사람들의 발소리와 장인(匠人)들의 콧노래, 이야기 소리가 분주

---

　　* 주로 에도 시대에 발달한 문학의 한 종류로 후에 메이지 시대에 이르러서 발달한 하
　　　이쿠의 뿌리라고 할 수 있다. 하이쿠는 본래 하이카이 연가의 첫 구를 부르는 말이
　　　었으나 따로 독립하여 5 · 7 · 5 형식의 단시로 자리 잡게 되었다.
　　** 음력 7월 15일. 지옥에 떨어진 조상의 영혼을 구하기 위해 재를 올리는 불교 명절.
　*** 도쿄의 동쪽에 위치한 다이토구에 있는 지명. 지금의 이마도 1번가와 2번가를 가리
　　　킴.
**** 샤미센 반주에 맞춰 이야기를 낭송하는 조루리 문학의 일종.

히 들려왔다. 부인 오타키*의 잔소리에 라게쓰는 곧장 이마도로 달려갈 듯 문을 나선다. 하지만 근처 평상에서 누가 자길 부르기라도 하면 그대로 자리를 잡고 앉아 신이 나서 떠들기 시작한다. 이렇게 부질없이 수다만 떨며 매일 밤이 지나갔다.

아침저녁으로 조금씩 시원해지면서 해도 함께 짧아졌다. 나팔꽃은 나날이 작아지고 노을은 활활 타오르는 불꽃처럼 비좁은 집안을 내리쬐었다. 매미 우는 소리는 유달리도 또렷하게, 그리고 빠르게 들렸다. 8월도 벌써 절반이 지나고 말았다. 집 뒤편 옥수수 밭을 스치는 바람은 밤이면 종종 빗소리처럼 들리기도 했다. 라게쓰는 젊은 시절 마음껏 도락을 즐긴 탓에 지금까지도 계절이 바뀔 때마다 뼈 마디마디가 쑤셔와 남들보다 먼저 가을을 느끼곤 했다. 그리고 가을이 왔다 싶으면 괜히 마음이 조급해졌다.

반도 채 차오르지 않은 새하얀 초저녁달과 저녁놀이 하늘에 함께 걸려 있는 이른 시간, 라게쓰는 갑자기 허둥대며 고우메 가와라마치**의 집에서 나와 이마도를 향해 터벅터벅 걷기 시작했다.

히키후네도리에서 수로를 따라 곧장 왼쪽으로 꺾으면 그 고장 사람이 아니고서는 헤맬 법한 좁은 우회로가 미메구리 이나리 신사 옆을 돌아 제방까지 이어져 있었다. 주변에는 셋방용으로 새로 지은 연립주택들이 아직 텅텅 빈 그대로 농지를 매립한 땅 위에 세워져 있었다. 널찍한 집들 옆으로는 커다란 정원석을 세워둔 분재집도 있고, 촌스러운 지붕을

---

* 예전에는 여성의 이름을 부를 때 존경과 친애의 의미로 앞에 '오'를 붙여 부름. 뒤에 나올 '오토요'와 '오이토'도 마찬가지.
** 현재는 무코지마와 오시아게로 바뀌었다. 오시아게는 2012년에 개장한 도쿄의 새로운 관광명소 '스카이트리'가 있는 곳이다.

없은 인가도 드문드문 보였다. 집들을 에워싼 대나무 울타리 사이로 초저녁달을 배경 삼아 몸을 씻는 여자가 보일 때도 있었다. 아무리 나이가 들었다 해도 예전 버릇을 버리지 못한 라게쓰가 슬쩍 멈춰 서서 그 모습을 엿보기도 했지만, 대부분 탐탁지 않은 아낙네들뿐이라 맥이 풀려 도로 걸음을 재촉할 뿐이었다. 그러는 중에 '땅 팝니다' 혹은 '방 빌려드립니다' 같은 팻말과 마주칠 때마다 머릿속으로 셈을 하며 저들처럼 아무것도 하지 않고 돈이나 많이 벌고 싶다는 생각을 했다. 동시에 논길을 따라 흐드러지게 핀 아름다운 연꽃과 새파란 벼 잎을 스치는 저녁 바람 소리에 역시 돈보다는 사람들의 기억에 남는 옛 사람의 글이야말로 진짜 배기라고, 문인답게 마음을 고쳐먹게 되었다.

제방 위에 올라서자 새잎이 올라온 벚나무들의 그림자에 주변이 어스레했다. 강 건너 보이는 집들은 불을 밝히고 있었다. 세찬 강바람에 벚나무의 병든 잎들이 우수수 떨어졌다. 쉼 없이 걸어온 탓에 열이 오른 라게쓰가 숨을 몰아쉬며 쫙 젖힌 가슴에다 부채질을 했다. 그러다가 아직 문을 닫지 않은 찻집을 발견하고는 급히 달려가, "아주머니, 차가운 걸로 한 잔"이라 말하고 앉았다. 마쓰치야마*를 정면으로 바라보고 있는 스미다 강에는 저녁 바람을 안은 돛단배가 바삐 움직이고 있었다. 황혼 때가 되어가자 수면 위를 날아가는 갈매기의 날개가 유독 하얗게 보였다. 이 경치를 바라보며 라게쓰는 계절이 조금 빗나가기는 했어도 벚꽃 구경에는 역시 술이 최고라는 생각에 얼른 한잔 기울이고 싶어졌다.

찻집 여주인이 두꺼운 잔에 내온 찬술을 받아 쭉 들이켜고, 라게쓰는 그대로 대나무 집으로 가서 나룻배에 올랐다. 강 한가운데쯤 도착하

---

* 현재 도쿄도 다이토구 아사쿠사 7번가 주변을 가리킴. 마쓰치야마 성천(聖天)의 소재지.

자 배의 흔들림에 술기운이 슬슬 올라왔다. 잎이 돋은 벚나무들을 빛으로 물들인 초저녁달이 아주 아름다웠다. 부드러운 만조의 강물은 "자네 어디 가나"라고 유행가에도 나오듯이 술술 편하게 흘러갔다. 라게쓰는 눈을 감고 혼자 콧노래를 불렀다.

건너편 물가에 내려 뭘 좀 사 가야겠다 싶었는지 근처 과자 가게에서 선물을 샀다. 그러고는 자기 딴에는 똑바로 걷고 있다고 생각하겠지만 실은 비틀거리는 걸음으로 이마도 다리를 건너 쭉 이어진 길을 걸어갔다.

어쩌다 가끔 이마도 도자기*를 파는 가게가 나오는 것 말고는 인가가 저 멀리까지 낮게 이어진 평범한 동네였다. 처마 밑이나 골목 어귀로 나와 수다로 더위를 식히는 사람들의 유카타가 처마 등 아래 새하얗게 보였다. 고요한 주변 어디선가 개 짖는 소리와 아기의 울음소리가 들려왔다. 은하수가 걸린 하늘 아래로 무성한 나무숲을 자랑하는 이마도 하치만 신사 앞까지 걸어온 라게쓰는, 금세 처마 등 사이로 간테이류** 서체로 적힌 '도키와즈모지*** 토요'라는 글씨를 발견했다. 그리고 동생의 집에 불빛이 들어와 있음을 확인했다. 집 앞에는 행인 두세 명이 멈춰 서서 바깥으로 흘러나오는 조루리 연습 소리를 듣고 있었다.

가끔씩 쥐들이 엄청난 소리를 내며 내달리는 천장에는 6분 심지 램프가 걸려 있었다. 뚜껑이 뿌예진 램프는 호탄****의 광고나 『미야코신문』의 신년 부록으로 받은 미인도 따위로 구멍 난 곳을 가린 맹장지와 낡은

　＊ 이마도야키(今戸燒)라고 하며 화로나 인형, 일상용품 등에 폭 넓게 활용되었다.
　＊＊ 가부키 간판이나 프로그램 등에 쓰이는 굵직하고 모가 없는 서체.
　＊＊＊ 샤미센 반주에 맞추어 이야기를 낭송하는 도키와즈 예능인을 가리킨다.
＊＊＊＊ 에도 시대 말기에 판매되던 적색 분말 형태의 각성제.

조청색 장롱, 빗물로 얼룩진 낡은 벽 등을 비추며 다다미 여덟 장 크기의 방을 은은하게 밝혔다. 툇마루 밖에다 빛바랜 갈대발을 엮어 세워놨는데, 조그만 정원이 있는지 없는지도 모를 만큼 어두운 그곳에서는 쓸쓸한 풍경 소리와 나지막한 벌레의 울음소리가 들려왔다. 오토요는 연일*에 가져온 화분과 부동명왕 족자를 걸어둔 도코노마** 앞에 앉아 있었다. 떡갈나무로 만든 발목***으로 앞머리 주변을 긁어대던 오토요는 추임새와 함께 무릎 위에 올려두었던 샤미센을 연주하기 시작했다. 그러자 작은 오동나무 상에 연습용 교본을 펼쳐놓고 오토요의 맞은편에 앉아 있던 사내가 노래를 시작했다. 상인처럼 보이는 서른 남짓의 사내는 중고음의 목소리로 "무어라 말을 하겠소. 이제 와서 오라버니, 동생아 하며 부를 수 없는 연인 사이에……"라며 '고이나 한베에'****의 미치유키*****를 불렀다.

　라게쓰는 연습이 끝날 때까지 마루 근처에 앉아 부채를 까딱거렸다. 아직 술이 다 깨지 않은 탓에 이따금 무의식중에 사내를 따라 흥얼거리기도 하고, 눈을 감은 채 마음껏 하품을 하고는 몸을 가볍게 좌우로 흔들며 오토요의 얼굴을 그저 바라보기도 했다. 오토요는 이제 마흔이 넘었을 것이다. 흐릿한 천장 램프 불빛이 앙상한 몸피를 더 늙어 보이게 했다. 문득 이 애도 예전에는 멀쩡한 전당포집의 귀여운 딸이었다는 생각이 들면서 라게쓰는 슬프다거나 서운하다거나 하는 현실적인 감정을 넘

---

* 緣日: 신불과 이 세상의 인연이 강하다고 하는 날.
　** 다다미방 정면에 바닥을 한 층 높여 만들어놓은 공간으로 벽에 족자를 걸고 바닥에는 도자기나 꽃병을 두어 장식함.
　*** 당비파나 일본의 샤미센 등 현악기를 켤 때 쓰는 기구.
　**** 정사(情死) 사건을 배경으로 한 여러 가부키나 조루리에 등장하는 인물의 이름으로, 가부키 및 조루리의 한 종류로 분류됨.
***** 가부키나 조루리에 등장하는 여행 중의 정경을 보여주는 장면. 특히 연인이 도피나 정사를 위해 함께 여행하는 모습을 보여주는 것이 많음.

어 그저 묘한 기분이 들 뿐이었다. 그 시절에는 라게쓰 자신도 젊었고, 잘생긴 데다가 여자들에게 인기도 많아 도락에 빠져 지냈다. 그 바람에 결국 가족으로부터 의절까지 당했다. 지금 돌이켜보면 그 시절 일들은 현실이 아니라 꿈처럼 느껴졌다. 주판으로 머리를 때리던 아버지도, 눈물로 자신을 타이르던 지배인도, 함께 장사를 하게 해주었던 오토요의 남편도. 모두 화를 내기도 하고 기뻐하기도 하고 웃고 울며 지겨운 줄 모르고 땀 흘려 열심히 일했다. 그런데 하나둘 세상을 떠난 지금 돌아보니 그들의 끝은 이 세상에 태어나 살았든 그러지 못했든 다 같았다. 자신과 오토요가 살아 있는 동안에야 둘의 기억 속에 그들이 남아 있겠지만, 언젠가 둘마저 세상을 뜨고 나면 이제 모두 연기가 되어 흔적도 없이 사라져버릴 것이다……

"오라버니, 실은요. 2, 3일 내로 제가 찾아가려 했어요." 오토요가 갑자기 말을 꺼냈다.

연습을 하던 남자는 '고이나 한베에'를 더 부른 다음에 '오쓰마 하치로베에'*를 두세 번 반복해서 부르다가 집으로 돌아갔다. 라게쓰는 점잔을 빼며 고쳐 앉은 다음 부채로 가볍게 무릎을 쳤다.

"실은요." 오토요는 또 같은 말로 이어 말했다. "고마고메에 있는 절이 구역 개정으로 철거될 거래요. 그러면 돌아가신 아버지 무덤을 야나카든 소메이든 어디론가 옮겨야 하잖아요. 나흘인가 닷새 전에 절에서 연락이 와서 어떻게 하는 게 좋을지 상의하러 가려 했지요."

"그랬군." 라게쓰는 고개를 끄덕였다. "그런 일이라면 가만있을 수 없지. 벌써 몇 년 전인가. 아버지가 돌아가신 게……"

---

* 오사카에서 헌옷 장사를 하던 하치로베에가 질투에 눈이 멀어 아내를 살해한 이야기가 중심이 된 조루리.

라게쓰가 고개를 갸우뚱거리며 고민하는 사이 오토요는 이야기를 더 진행시켜 소메이의 묘지 같은 경우에는 평당 얼마이며 절에 줘야 하는 돈은 얼마라는 둥, 자세한 이야기를 했다. 이 부분은 여자인 자신이 아니라 남자인 오라비가 알아서 처리해주길 바라는 것이었다.

라게쓰는 원래 고이시카와 오모테마치 지역의 '사가미야'라는 전당포를 이어받을 아들이었으나 의절을 당한 젊은 날부터 칩거하며 지냈다. 완고한 아버지가 세상을 떠난 후에는 여동생 오토요와 결혼한 지배인이 정직하게 사가미야의 장사를 이어가고 있었다. 하지만 메이지 유신 이후로 세상이 변하고 가세가 기운 데다 하필 화재까지 나는 바람에 전당포는 그대로 망하고 말았다. 그래서 풍류에 빠져 살던 라게쓰는 하릴없이 하이카이로 먹고살게 되었고, 남편과 사별하는 등 불행한 일이 이어지던 오토요는 다행히도 전에 예명을 받아두었던 인연으로 도키와즈를 가르치며 생계를 이어갈 수 있게 되었다. 오토요에게는 올해 열여덟이 되는 아들이 하나 있었다. 몰락한 집안의 여자에게 세상을 사는 즐거움이라고는 오로지 하나뿐인 아들 조키치의 출세를 바라는 일밖에 없었다. 장사는 언제든 망할 수 있다는 것을 터득한 오토요는 세 끼 식사를 두 끼로 줄여도 좋으니 어떻게든 아들을 대학에 보내 제대로 월급을 받으며 일하는 사람으로 만들어야겠다고 마음먹고 있었다.

라게쓰가 차가운 차를 쭉 들이키며 물었다. "조키치는 어떻게 지내냐?"

그러자 오토요가 우쭐대며 대답했다. "학교는 지금 여름방학 중이지만 놀게 놔두면 안 되니까 혼고에 있는 야학에 보낸답니다."

"그럼 늦게 돌아오겠군."

"네에. 항상 10시는 넘어서 와요. 전차는 다니지만 거리가 꽤 머니까요."

"우리 때랑 다르게 요새 애들은 기특하네." 라게쓰는 말을 멈췄다가 다시 물었다. "중학생인가? 나는 애가 없어서 요즘 학교가 어떤지 전혀 몰라. 대학교까지 가려면 아직 한참 남은 건가?"

"내년에 졸업하고 시험을 봐요. 대학교에 가기 전에 또 하나…… 큰 학교가 있어요." 오토요는 뭐든 술술 설명을 하고 싶어 마음이 급했지만 세상 물정에 어두운 여자다 보니 금세 말이 막히고 말았다.

"돈도 꽤 들겠네."

"그럼요. 여간 드는 게 아니에요. 월사금만도 매달 1엔이고 책값도 시험 때마다 2, 3엔은 더 들고. 게다가 여름이나 겨울에는 옷값도 있어요. 구두도 매년 두 켤레씩은 신어야 하고."

오토요는 자신이 애를 쓰고 있다는 것을 강조하려 목소리에 힘을 주어 이야기했다. 하지만 라게쓰는 그 말을 들으며 그렇게까지 힘에 부친다면 굳이 대학이 아니더라도 조키치에게 어울리는 길이 있지 않을까 생각하고 있었다. 하지만 입 밖으로 내뱉을 정도의 일은 아니었기에 화제를 바꾸려다 자연스레 떠올린 것이 조키치와 소꿉친구였던 전병집 딸 오이토였다. 그 시절, 라게쓰는 오토요네 집에 갈 때마다 조카 조키치와 오이토를 데리고 오쿠야마나 사타켓파라에까지 구경을 다녀오곤 했다.

"조키치가 열여덟이니 그 애는 벌써 처녀가 다 됐겠군. 그 애도 연습하러 오나?"

"우리 집에는 오지 않지만 저 앞의 기네야에 매일 다니더라고요. 이제 곧 요시초*에 간다 하니까……" 오토요는 망설이듯 말을 끊었다.

---

* 현재 도쿄 니혼바시닌교초에 해당되는 지역으로 에도 시대의 유곽 밀집 지역. 주로 요시와라라고 불림. 요시와라의 유녀들은 쉽게 외출할 수 없었다.

"요시초에 간다고? 그 녀석 대단한걸. 어릴 때부터 말도 잘하고 어른스럽고 착한 애였지. 오늘 밤에 놀러 오면 좋을 텐데. 그렇지, 오토요?" 라게쓰는 갑자기 신이 난 듯했지만 오토요는 통 하고 장담뱃대를 털며 이렇게 대답했다.

"예전이랑은 달라서 조키치도 한창 공부할 때고……"

"하하하하하, 혹시라도 잘못되면 안 된다는 거냐? 당연하지. 이 길은 절대 방심해선 안 되니까 말이야."

"정말이에요, 오라버니." 오토요가 목을 길게 빼고 말했다. "제가 잘못 본 걸지도 모르지만 실은 조키치 상태가 걱정이 되어서요."

"그러니 하는 소리 아니냐." 라게쓰는 가볍게 주먹을 쥐고 무릎을 쳤다. 오토요는 조키치와 오이토가 그저 걱정되어 견딜 수가 없었다. 오이토는 나가우타를 배우고 돌아가는 길에 별 용건도 없으면서 매일 아침 이쪽에 들렀다. 그리고 조키치는 그 시간만 되면 창가에서 꼼짝도 않고 기다렸다. 그뿐 아니라 오이토가 열흘 정도 앓아누웠을 땐 남 보기에 우스꽝스러울 정도로 멍하니 지낸 적도 있었다. 오토요는 이런 일들을 숨도 쉬지 않고 계속 얘기했다.

옆방의 시계가 9시를 알린 순간 격자문이 가볍게 열렸다. 그 소리를 듣자 오토요는 조키치가 집에 돌아왔다는 것을 알아채고는 바로 말을 멈추며 그쪽을 돌아보았다.

"제법 일찍 왔구나, 오늘은."

"선생님이 편찮으셔서 한 시간 일찍 끝났어요."

"고우메의 삼촌이 오셨단다."

대답은 들리지 않았지만 옆방에서 짐 꾸러미를 던지는 소리가 났다. 그리고 곧바로 조키치가 온순하면서도 나약해 보이는 하얀 얼굴을 장지문 사이로 내밀었다.

2

늦더위를 머금은 석양이 한여름 때보다도 더 강렬하게 너른 강물과 그 일대를 활활 태우고 있었다. 석양은 페인트로 흰 칠을 해둔 대학교 보트 창고 판자벽을 눈부시게 비추었지만, 주변은 삽시간에 등불이 꺼질 때처럼 어두컴컴한 잿빛으로 물들어갔다. 가득 차오른 저녁 조수 위를 미끄러지는 짐배의 돛만이 새하얗게 빛났다. 그렇게 순식간에 초가을의 해 질 녘 하늘은 막이 내려오듯 빠르게 밤으로 바뀌었다. 흐르는 물이 눈부실 정도로 반짝거리며 나룻배에 탄 사람의 형태를 또렷하게, 수묵화처럼 검게 물들였다. 제방 위 저 멀리까지 이어진 연둣빛 벚나무 숲은 이쪽 낭떠러지에서 보면 무서울 정도로 새까맣게 보였다. 한때 우스꽝스레 줄을 지어 움직였을 짐배들은 이제 모두 상류 쪽으로 사라져, 낚시를 마치고 집으로 돌아가는 작은 배들만이 군데군데 나뭇잎처럼 떠다닐 뿐, 스미다 강은 다시금 넓고 조용하고 한적한 상태로 돌아가 있었다. 강물 저 멀리 하늘가에는 여름의 흔적처럼 남겨진 적란운이 떠 있었고, 그 사이로 한 줄기 번개가 쉼 없이 번쩍이다 사라졌다.

조키치는 아까부터 혼자서 이마도 다리의 난간에 기대보기도 하고, 벼랑 돌담에서 나루터 부두까지 내려가보기도 하며 저녁놀이 떠오르고 지는 모습과 해가 진 후 밤이 되어가는 강의 풍경을 우두커니 바라보고 있었다. 오늘 밤, 해가 지고 인적이 드물어질 때쯤 이마도 다리 위에서 오이토와 만나기로 약속했기 때문이었다. 그런데 하필 일요일이어서 야학에 다녀온다고 둘러댈 수도 없는 터라, 저녁을 다 먹자마자 아직 해도 지지 않았는데 휙 하니 집을 나와버렸다. 한동안 나루터를 향해 바삐 오가던 사람들의 발길도 이제는 끊어져, 우뚝 솟은 게이요 사의 나무숲이 투영된 산야보리* 수면 위로 다리 밑에 정박한 짐배의 등불만이 아름답게 흘러갔다. 문가에 버드나무가 있는 2층짜리 신축 주택에서는 샤미센 소리가 들려왔으며, 물가 근처 오두막집 집주인은 알몸으로 더위를 식히러 나오고 있었다. 조키치는 이제 올 때가 됐는데, 하며 다리 건너편을 열심히 바라보았다.

처음에 다리를 건너온 사람은 검은 삼베 승복 차림의 중이었다. 뒤이어 옷 뒷자락을 걷어 허리띠에 끼운 채 작업용 바지에다가 고무신을 신은 도급업자 같은 사내가 지나갔다. 그다음으로는 빈곤해 보이는 여자가 양산과 소포를 들고 굽 낮은 게다를 신은 발로 보기 싫게 모래를 차대며 성큼성큼 걸어왔다. 아무리 기다려도 더 오는 사람은 없었다. 조키치는 하릴없이 지친 눈을 강가로 돌렸다. 강가는 아까보다 조금 밝아져 으스스하던 적란운은 흔적도 없이 사라지고 없었다. 그때 조키치의 눈에 음력 7월 보름달처럼 보이는 커다랗고 붉은 달이 조메이 사 옆 제방 나무숲 위로 떠오르는 것이 보였다. 하늘은 거울처럼 환해서 이를 가로지르는 제방과 나무숲은 더 까맣게 보이고, 별이라고는 오로지 초저녁 샛별뿐이었다. 그 밖의 다른 것들은 모두 밝은 하늘빛에 흔적 하나 남기지 않고 사라지고, 가로로 길게 깔린 조각구름은 은색으로 투명하게 빛나고 있었다. 보름달이 나무숲을 떠나려 하는 찰나, 밤이슬을 머금은 강기슭 기와지붕과 물에 젖은 말뚝, 만조에 흘러나온 돌담 밑의 수초 조각

---

* 도쿄의 이마도에서 산야까지 이어지는 수로. 신요시와라 유곽으로 통하는 배가 다니는 길로 사용.

들, 배의 옆구리, 대나무 장대 등은 잽싸게 달빛을 받아 푸르스름한 빛을 발하였다. 동시에 조키치는 자신의 그림자가 다리 널빤지 위에서 점점 진해지고 있다는 것을 알았다. 길을 지나던 호카이부시* 가객(歌客) 남녀 한 쌍이 "어머, 저것 좀 봐. 달님이"라고 하며 잠깐 걸음을 멈추었다. 그러다 산야보리 주변으로 돌자마자 비꼬듯이 "서생이 다리 난간에 걸터앉아 있기는—"이라고 줄지어 선 작은 집들 앞에서 노래를 하다가, 벌이가 안 될 것 같았는지 다 부르지도 않은 채 원래 가던 대로 요시와라 제방을 향해 잰걸음을 쳤다.

조키치는 밀회를 즐기는 여느 연인들이 다 경험하는 다양한 걱정과 주체할 수 없는 조급함, 그리고 뭐라 형언할 수 없는 일종의 비애를 느끼고 있었다. 오이토와 자신의 앞일…… 앞일이라 할 것도 없다. 오늘 밤 만난 후에 내일은 어찌 될까. 오이토는 오늘 밤, 미리 얘기해둔 요시초의 게이샤** 집에 가서 상의를 하고 올 거라고 했다. 그러니 가는 길에 둘이 함께 걸으며 이야기나 하자고 약속을 했던 것이었다. 오이토가 정말 게이샤가 되고 나면 지금처럼 매일 볼 수도 없거니와 모든 것이 아주 끝나버릴 것만 같아 견딜 수가 없었다. 자신이 모르는 머나먼 나라로 떠나 다시는 돌아오지 않을 것 같은 그런 기분이 드는 것이었다. 오늘 밤에 본 달은 잊지 못할 것이다. 두 번 다시 보지 못할 달이니까. 조키치는 진심으로 그렇게 생각했다. 수많은 기억들이 번개처럼 번쩍였다. 처음에 지카타마치의 소학교에 함께 다니던 시절에는 매일같이 싸우고 매일같이 놀았다. 그러는 중에 친구들은 이웃집 판자벽이나 회벽에다가 우산을 그려 그 아래 오이토와 조키치의 이름을 적고 놀려대곤 했다. 고우메에 사는

---

* 메이지 시대부터 쇼와 초기까지 현악기 월금을 연주하며 부르던 노래.
** 요정이나 연회석에서 술을 따르며 노래와 춤을 보여주는 예기.

외숙을 따라 오쿠야마에 구경을 가거나 연못의 잉어에게 밀기울을 주기도 했다.

산자마쓰리* 때였던가, 언젠가 오이토가 무대 위로 올라가 도조지** 춤을 춘 적이 있었다. 마을 사람들이 다 같이 모여 매년 썰물마다 조개를 캐러 가는 배 위에서도 오이토는 자주 춤을 추었다. 학교를 마치고 집으로 가는 길에는 매일같이 마쓰치야마 경내에서 만나 사람들은 잘 모르는 산야의 뒷길에서부터 요시와라 단포까지 걷기도 했다…… 아아, 오이토는 왜 게이샤 같은 걸 하려는 걸까. 게이샤 따위 하지 말라고 말리고 싶었다. 조키치는 오이토를 억지로라도 말려야 한다고 결심하면서도 곧바로 자신이 오이토에게 얼마나 힘없는 존재인지 깨닫곤 했다. 덧없는 절망과 좌절감이 밀려들었다. 오이토는 조키치보다 두 살 아래로 열여섯이었지만, 요즘 들어서는 날이 갈수록 오이토 쪽이 훨씬 더 나이가 많은 누나 같아 보일 때가 있어서 견디기 힘들었다. 생각해보면 오이토는 처음부터 조키치보다 강했다. 조키치 같은 겁쟁이는 아니었다. 오이토, 조키치라고 우산 아래에 둘의 이름이 적혀 놀림을 받던 시절에도 오이토는 아랑곳하지 않았다. 멀쩡한 얼굴로 "조키치는 내 신랑이야" 하고 소리를 질렀다. 작년 하굣길에 마쓰치야마에서 만나자고 말을 꺼낸 것도 오이

---

* 매년 5월 도쿄 아사쿠사 신사에서 열리는 제사. 현재는 5월 셋째 주 금, 토, 일요일에 진행.
** 일본 고전 예능의 한 가지인 '노'에 속하는 작품명. 절 도조지(道成寺)를 배경으로 하고 있다. 본디 도조지에는 여자가 들어갈 수 없었으나, 한 여자가 주지에게 애원하여 절 안에 들어와 춤을 추기 시작한다. 그러다 갑자기 종 속으로 사라지고 마는데, 주지는 일전에 한 관리의 딸이 독사로 변하여 자신을 배신하고 종 속에 숨은 사내를 태워 죽였던 일을 떠올린다. 여자의 원한이 아직 풀리지 않았음을 짐작한 승려들이 기도를 하여 종을 들어 올리는 데 성공한다. 그러나 독사로 변한 여자는 종을 불태워버리고, 자신의 몸에도 불이 붙자 히다카 강으로 몸을 숨긴다.

토 쪽이었다. 미야토자*에 가보자고 한 것도 오이토가 먼저였다. 귀가 시간이 늦어졌을 때도 오이토는 걱정하지 않았다. 모르는 길을 걷다 헤맬 때도 오이토는 갈 수 있는 곳까지 일단 간 다음 "봐봐, 순찰 아저씨한테 물어보면 알려줄 테니까"라며 오히려 재미있다는 듯이 거침없이 걸어갔다……

주변은 신경도 쓰지 않고 다리 위로 아즈마게다**를 부딪치는 소리가 나서 돌아보니, 오이토가 종종걸음으로 달려오고 있었다.

"늦었지? 맘에 들질 않아서 말이야. 엄마가 묶어준 머리." 오이토가 달려오느라 흐트러진 머리카락을 가다듬으며 물었다. "이상하지?"

조키치는 그저 눈을 동그랗게 뜨고 오이토의 얼굴을 바라보기만 했다. 평소와 다를 것 없는 밝고 활기찬 모습이 지금 이 상황을 더 얄밉게 만들었다. 머나먼 곳으로 떠나 게이샤가 될 거면서 하나도 슬프지 않냐고, 조키치는 하고 싶은 말들로 가슴이 꽉 차올랐지만 입으로는 정작 말을 할 수 없었다. 오이토의 눈에는 수면 위를 비추는 구슬 같은 달이 전혀 들어오지 않는 듯했다.

"빨리 가자. 나 오늘 돈 많아. 상점가에서 선물 좀 사서 가야 하거든." 오이토가 성큼성큼 걸어갔다.

"내일, 돌아오긴 하는 거지?" 조키치가 말을 더듬었다.

"내일 못 돌아오면 모레 아침엔 올 수 있겠지. 평소에 입을 옷이나 그런 것들을 챙겨 나와야 하니까."

마쓰치야마 산기슭에서 쇼덴초 쪽으로 나가려고 좁은 골목을 빠져

---

* 도쿄 아사쿠사 공원 뒤에 있던 소극장. 본래 아즈마자라는 이름으로 1887년에 문을 열었으나, 1896년에 미야토자로 이름을 바꾸었음.
** 바닥에 돗자리를 댄 여성용 게다.

나왔다.

"왜 암말도 안 해? 왜 그래?"

"모레 온다 해도 또 거기 갈 거잖아. 그렇지? 넌 이제 그쪽 사람이 되니까. 나랑 다신 못 만나잖아."

"가끔 놀러는 올게. 그치만 나도 열심히 연습해야 하니까."

목소리가 조금 어두워지긴 했지만 조키치를 만족시킬 만큼 슬픈 느낌은 아니었다. 조키치는 잠시 후 또 갑작스레 이렇게 물었다.

"어째서 게이샤가 되려는 거야?"

"또 그런 소릴 하네. 이상해, 조키치."

오이토는 이미 조키치가 잘 알고 있는 사정을 다시 한 번 구구절절 설명했다. 오이토가 게이샤가 되기로 결심한 것은 2, 3년 전, 아니 그보다 더 예전 일로 조키치도 잘 아는 바였다. 목수였던 오이토의 아버지가 아직 살아 있을 때, 어머니는 집에서 삯바느질을 하고 있었다. 그때 단골 중에 하시바에서 첩살이를 하던 부인이 있었는데, 오이토를 보고는 꼭 수양딸로 삼아 훌륭한 게이샤로 키우고 싶다고 했다. 그 부인의 본가는 요시초에 있었는데 영향력이 좀 있는 게이샤 집안이었다. 하지만 그때 오이토네 집은 그리 힘들지도 않았고 한창 귀여울 때 딸아이와 당장 헤어져 지내는 것도 괴로운 일이었으므로, 부모와 함께 지내며 배울 수 있는 기예만이라도 훈련을 받게 했다. 그 후 남편을 잃고 당장 의지할 곳이 사라진 어머니는 그 부인의 도움을 받아 전병 가게를 냈다. 이 모든 것이 돈으로만 이뤄진 관계는 아니었다. 서로가 내켰기 때문에 오이토도 자연스레 요시초에 가기로 결심하게 된 것이며, 누가 억지로 시켜서 하는 것이 아니었다. 이미 다 알고 있는 이런 사정을 다시 듣자고 그리 물어본 것은 아니었다. 오이토가 어차피 가야만 한다면 자신을 위해 조금이라도 더 슬프게 이별을 아쉬워하는 모습을 보여줬으면 했던 것이다. 조키치는 언젠가부터 자신과 오이토 사이에 서로 통하지 않는 감정의 간극이 생겼다는 걸 분명히 알고 있었고, 그 때문에 더 깊은 슬픔을 느꼈다.

그 슬픔은 오이토가 선물을 사러 인왕문을 지나 상점가에 나왔을 때 더 강렬해졌다. 더위를 식히러 나온 수많은 인파 속에서, 오이토가 갑자기 걸음을 멈추고 함께 걸어가던 조키치의 소매를 당기며 이렇게 말한 것이었다. "조키치, 나도 곧 저렇게 될 거니까. 저거 로치리멘* 맞지? 저 옷 말야……"

그 말을 듣고 조키치가 고개를 돌리자 시마다마게** 머리를 한 게이샤와 검은 예복에 가문(家紋)을 넣어 입고 그 뒤를 따르는 당당한 신사가 보였다. 아아, 게이샤가 된 오이토와 손을 잡고 함께 걸을 상대는 역시 저런 멋진 신사여야겠지. 나는 몇 년이나 더 있어야 저런 신사가 되려나. 조키치는 헤코오비*** 하나만 맨 지금의 모습을 한심하다 느끼며, 앞일은 고사하고 지금도 오이토의 친구로는 어울리지 않는 것 같다고 생각했다.

드디어 등불이 늘어선 요시초 골목 앞에 도착했다. 조키치는 이제 허무하다거나 슬프다거나 그런 것을 느낄 여유도 없이, 너무나도 길고 끝이 보이지 않을 정도로 굽이굽이 이어진 좁고 어두운 골목 안쪽을 이상하다는 듯 그저 멍하니 들여다볼 뿐이었다.

"저기, 하나 두울 세엣…… 네번째에 가스등 켜진 집 보이지? 마쓰바야라고 적혀 있는 데 말이야. 거기야." 오이토는 이미 여러 번 하시바의 부인과 함께 오거나 아니면 심부름 때문에 와봐서 잘 알고 있는 건물

---

* 올이 성기게 짠 얇은 크레이프 천.
** 일본 여성의 전통 머리 모양 중 하나로 주로 미혼 여성이 함.
*** 어린이용 혹은 남자용 허리띠. 한 폭 넓이의 천을 적당한 길이로 잘라 그대로 두른다.

의 불빛을 가리키며 말했다.

"그럼 난 가볼게. 이제……" 조키치는 그렇게 말하면서도 걸음을 옮기지 못하고 있었다. 오이토가 조키치의 소매를 가볍게 붙잡고 교태를 부리듯 다가왔다.

"내일이 될지 모레가 될진 몰라도 그때 꼭 만나자. 알았지? 꼭이야. 약속해. 우리 집으로 와, 꼭."

"응."

오이토는 대답을 듣고 완전히 안심한 듯 골목의 수채 덮개들을 아즈마게다로 밟으며 성큼성큼 뒤도 돌아보지 않고 가버렸다. 조키치에게 그 발소리는 마치 급히 달려가는 것같이 느껴졌는데, 그 순간 딸랑딸랑 하며 문에 달린 종소리 같은 것이 들렸다. 조키치는 아무 생각 없이 오이토의 뒤를 따라가려다가 마침 누군가의 목소리와 함께 옆에 있던 문이 열리고, 기다란 초롱을 든 남자가 나오는 것을 보고는 주눅이 들어 누가 볼 새라 곧장 큰길로 나오고 말았다. 동그란 달은 제법 작아져 푸른빛을 내며, 조용히 솟아오른 뒷골목 곳간 지붕들 위 밤하늘 별들 사이에 높이 떠 있었다.

3

달이 나오는 시간은 날마다 늦어지고 빛은 점점 교교해졌다. 강바람이 점차 습해져 유카타를 입은 상태에서는 어쩐지 쌀쌀하게 느껴지곤 했다. 달은 이제 사람이 깨어 있을 때는 보이지 않게 되었다. 하늘에는 아침이든 한낮이든 저녁이든 항상 구름이 많았다. 구름들은 서로 포

개져 끊임없이 움직였고, 가끔은 사이사이로 유독 색이 진해 보이는 창공을 보여주기도 하며 하늘 한쪽을 꽉 채웠다. 무더워진 날씨 탓에 절로 배어 나온 비지땀이 피부를 끈적끈적 불쾌하게 했다. 그러다가 갑자기 방향이나 세기가 일정치 않은 바람이 불어와 비가 내리다 멈추기도 했고, 또 그런 다음에 다시 쏟아질 때도 있었다. 이러한 바람이나 비에는 어떤 강력한 힘이 실려 있어, 절에 있는 나무들이나 강가의 갈댓잎, 변두리에 늘어선 가난한 집들의 판자지붕에 봄이나 여름에는 절대 들을 수 없는 소리를 들려주곤 했다. 날이 빨리 저무는 만큼 길어진 밤은 조용히 깊어, 여름에는 더위를 식히러 나온 사람들의 게다 소리에 가려져 잘 들리지 않던 8시 혹은 9시를 알리는 종소리가 이제는 마치 12시라도 된 것처럼 주변을 고요하게 만들었다. 귀뚜라미 소리도 분주히 들려왔다. 등불 빛은 아주 맑아졌다. 가을. 아아, 가을이다. 조키치는 처음으로 가을이 싫다고, 쓸쓸해서 견딜 수 없다고 절절히 느끼고 있었다.

학교는 벌써 어제부터 수업이 시작된 상태였다. 아침 일찍 어머니가 싸주신 도시락과 책을 챙겨 들고 집을 나서기는 했지만 이틀, 사흘째 되는 날에는 그 먼 간다까지 걸어갈 힘이 없었다. 지금까지는 매년 기나긴 여름방학이 끝나갈 때면 괜스레 교정이 그리워져 개학 날만을 내내 기다리곤 했다. 그런 순진한 마음은 이제 완전히 사라지고 말았다. 지루하다. 학문 따위를 배운다고 이 지루함이 가실 리가 없다. 학교는 내가 원하는 행복을 줄 수 있는 곳이 아니다. ……행복과는 무관하다는 것을 조키치는 새삼 깨달았다.

개학 나흘째 아침, 평소처럼 7시가 되기 전에 집을 나서 관음당*까

---

* 아사쿠사에 있는 센소 사의 본당.

지 걸어갔지만, 여행에 지칠 대로 지친 방랑객이 길가의 돌에 주저앉듯이 본당 옆 벤치 위에 앉아버렸다. 벌써 청소를 한 건지 아침 이슬에 젖은 자갈 위에는 더러운 쓰레기도 없었고, 아침 일찍 찾아온 경내는 평소의 붐비는 모습과는 달리 묘하게 넓고 숭고하고 조용했다. 본당 복도에는 여기서 밤을 샌 것 같은 수상쩍은 남자들이 아직도 몇 명이나 자리를 차지하고 있었으며, 그중에는 짤막한 허리띠를 풀고 때에 찌든 홑옷 사이로 아무렇지 않게 훈도시*를 고쳐 매는 녀석도 있었다. 하늘은 요새 날씨답게 낮게 깔려 쥐색 구름들이 몰려 있었으며, 주변 나무에서는 벌레 먹은 푸른 잎들이 끊임없이 떨어졌다. 까마귀와 닭이 우는 소리, 비둘기가 날갯짓 하는 소리가 크고 상쾌하게 들려왔다. 넘쳐흐른 물에 젖은 미타라시**의 돌은 바람에 나부낀 봉납(奉納)용 천들의 그림자에 가려져 이유 없이 차갑게 느껴졌다. 그럼에도 아침 참배를 하러 들른 남녀는 본당 계단에 올라서기 전에 손을 씻으려고 나란히 걸음을 멈췄다. 그러던 중 우연히 조키치의 눈에 어떤 젊은 게이샤가 입에 복숭앗빛 손수건을 물고는 얇은 겉옷의 소매를 적시지 않으려고 새하얀 손끝을 팔이 다 보일 정도로 길게 뻗고 있는 모습이 들어왔다. 동시에 옆의 벤치에 앉아 있던 두 서생이 "저것 좀 봐. 기생이잖아. 예쁜데?"라고 말하는 소리가 들려왔다.

시마다마게 머리, 가냘프게 두 어깨가 축 처진 아담한 체구, 야무진 입술과 동그란 얼굴, 열여섯 혹은 열일곱 정도로 보이는 그 모습은 순간적으로 급히 벤치에서 일어나게 할 정도로 오이토를 연상시켰다. 오이토는 달이 밝던 그 밤에 약속한 대로 이틀이 지난 후, 요시초에 가져갈 짐들을 챙기러 집으로 돌아왔다. 그런데 그때 조키치는 오이토가 마치 다

---

 * 성인 남성이 입는 전통 속옷.
** 신사 입구에 있는 참배자들이 손을 씻거나 입을 헹구는 곳.

른 사람처럼 변해버린 것을 보고 놀랐다. 붉은 모슬린 띠만 두르고 지내던 모습은, 하루 만에 지금 저 미타라시에서 손을 씻는 어린 게이샤와 똑같이 변해 있었다. 약지에는 벌써 반지까지 끼고 있었다. 볼일도 없으면서 몇 번이나 허리띠 사이에서 거울과 종이 쌈지를 꺼내 화장 분을 고쳐 바르기도 하고, 흐트러진 머리를 정리하기도 했다. 바깥에 차가 기다리고 있다며, 마치 급한 일이라도 있는 것처럼 한 시간이 채 지나기도 전에 돌아가버렸다. 그때 조키치에게 마지막으로 남긴 말은 조키치의 어머니를 뜻하는 '선생님 아주머니'께도 안부를 전해달라는 것이었다. 언제 또 나올지는 아직 몰라도 조만간 또 놀러 오겠다는 그리운 목소리는 들을 수 있었지만, 조키치에게는 지금까지 해온 천진난만한 약속들과는 달리 세상을 배워버린 사람이 예의상 하는 인사처럼 들릴 뿐이었다. 소녀였던 오이토, 어린 시절의 연인이었던 오이토는 이 세상에 더 이상 없는 것이었다. 길가의 잠든 개를 놀라게 하고 기세 좋게 사라져버린 차 뒤로 감돌던 화장품 향기가 어찌나 괴롭고 안타깝게 다가오던지……

본당 안으로 사라졌던 어린 게이샤의 모습이 다시 계단 아래에 나타났다. 게이샤는 인왕문 쪽을 향해 발가락 끝에 걸린 아즈마게다로 가볍게 소리를 내며 걸어갔다. 그 뒷모습을 바라보던 조키치는 그날 차의 뒷모습을 바라보던 원망스러운 순간을 떠올리고 못 참겠다는 듯 벤치에서 일어섰다. 그리고 무의식중에 뒤를 쫓아 상점가가 끝나는 부근까지 와버렸으나, 어느 골목으로 들어가버리기라도 한 건지 게이샤의 모습은 더는 보이지 않았다. 양쪽 길에 늘어선 가게들은 앞길을 청소하며 물건을 진열 중이었다. 조키치는 멍하니 가미나리몬* 방향으로 터덜터덜 걸

---

* 센소 사 경내로 들어가는 입구, 천둥의 문이라는 뜻.

어갔다. 그 게이샤가 어디로 갔는지 확인하려던 것은 아니었다. 자신의
눈에만 선명하게 보인 오이토의 뒷모습을 따라간 것이었다. 학교 같은 건
깡그리 다 잊은 채 고마가타에서 구라마에로, 구라마에에서 아사쿠사
다리로…… 그리고 요시초까지 걸음을 멈추지 않았다. 그러다 전차가 다
니는 바쿠로초 큰길에 다다르자 조키치는 어느 골목으로 돌아야 할지
조금 망설여졌다. 하지만 어지간한 방향은 잘 알고 있었다. 도쿄에서 태
어나서 그런지 남에게 길을 물어보는 게 꺼려졌다. 연인이 사는 동네라
생각하면 그 이름을 아무렇지 않게 길거리 타인들에게 발설하는 것만으
로도 마음속의 비밀을 들키는 기분이라 그저 이유 없이 겁이 났다. 어쩔
수 없이 일단 왼쪽으로 왼쪽으로 적당히 길을 꺾자 흙으로 지은 도매상
가가 쭉 이어진 배수로 벼랑으로 두 번이나 나왔다. 그 후 저 멀리 건너
편의 메이지자 지붕을 보고 나서 조금 더 넓은 길로 나온 조키치는 길 끝
에서부터 들려오는 강 증기선의 고동 소리에 드디어 자신이 어디에 있는
것인지, 그리고 마을 방향은 어떻게 되어 있는 것인지 깨달았다. 동시에
엄청난 피로를 느꼈다. 땀은 학교 모자를 쓴 이마뿐만 아니라 하카마*의
허리띠 주변까지도 적셔놓았다. 하지만 잠깐이라도 쉬고 싶지는 않았다.
조키치는 더 고심하고 더 걱정하고 더 지친 상태로, 그 달밤 오이토를 따
라서 와보았던 골목을 겨우 찾아냈다.

　하늘 한쪽에서 들이비친 아침 햇살 때문에 골목이 끝까지 전부 다
보였다. 격자문이 달린 작은 집들만 있는 것이 아니었다. 낮에 보니 의외
로 지붕이 높은 곳간도 있었다. 방범용 꼬챙이를 꽂아둔 판자 울도 있었
고 그 위로는 소나무 줄기도 보였다. 석회가 흩어진 변소의 청소구도 보

---

* 일본의 전통 의상 중 하나로 통이 넓은 하의.

였다. 쓰레기통이 줄지어 세워진 곳도 있었다. 고양이가 그 주변을 어슬 렁거렸다. 사람들의 왕래는 꽤 많은 편이었다. 행인들은 아주 좁은 수채 덮개 위를 지나다니며 서로 몸을 비스듬히 구부리고 스쳐 지나갔다. 샤 미센 연습하는 소리와 사람들의 말소리가 함께 들려왔다. 빨래를 하는 물소리도 들렸다. 빨간 허리띠에 옷자락을 걷어 올린 작은 여자아이가 싸리비를 들고 수채 덮개를 쓸고 있었다. 문의 격자를 하나하나 열심히 닦고 있는 사람도 있었다. 조키치는 주변의 눈이 많아 주눅이 들기도 했 으나, 그보다도 골목 안에 들어서서는 뭘 어째야 할지 떠오르지 않아 처 음으로 자신을 되돌아보게 되었다. 슬쩍 마쓰바야 앞을 지나다가 오이토 의 모습이라도 엿볼까 했지만 주변이 너무 밝았다. 아니면 이대로 골목 어귀에서 오이토가 뭔가 볼일을 보러 밖으로 나오길 기다려볼까. 하지만 주변 가게 사람들이 모두 자신만 보고 있는 것 같아 5분도 제대로 서 있 을 수 없었다. 조키치는 어쨌든 다시 계획이나 세워볼 양으로, 마침 아 와모치*를 파는 늙은이가 동네 아이들에게 장사를 하려고 달그락달그락 절굿공이를 돌리며 다가오고 있는 옆길로 돌아갔다.

　　조키치는 길이 나 있는 대로 하마초의 골목에서 오카와** 우안을 향 해 걸어갔다. 기회를 엿보려 해도 한낮에는 아무래도 어렵다는 것을 뒤 늦게 깨달았으나, 학교에 가기에도 이미 늦은 상황이었다. 그냥 쉬려 해 도 앞으로 오후 3시까지 하루의 절반을 어디서 뭘 하며 버틸지도 문제 였다. 어머니 오토요는 학교 시간표까지 꿰뚫고 있어서 조키치가 한 시 간 일찍 집에 들어오거나, 혹은 늦게 들어오면 언제든 꼬치꼬치 질문을 하곤 했다. 물론 간단히 얼버무릴 수는 있었다. 하지만 그렇게 거짓말을

＊ 조를 빻아 만든 떡.
＊＊ 스미다 강 하류.

하며 양심의 가책을 느끼는 것이 견딜 수 없을 만큼 싫었다. 강가에 와 보니 수영장이 있던 작은 건물들은 철거된 후였고, 버드나무 그늘 아래에는 낚시를 하는 사람들이 있었다. 행인 네다섯 명이 멍하니 서서 구경하고 있는 것을 보고 마침 잘됐다 싶어 조키치도 그 옆에서 똑같이 구경하는 시늉을 내보았으나, 그저 서 있는 것만으로도 벅차 결국 버드나무 줄기에 등을 기대고 웅크려 앉아버렸다.

아까부터 하늘은 맑게 개어 새파랬다. 쉼 없이 바람이 불어왔지만 살갗을 태워버릴 듯 이글이글 타오르는 축축한 가을 태양은 눈앞의 오카와 강물을 눈부시게 비추어댔다. 그 때문인지 길옆으로 저 멀리까지 이어진 토담에 드리운 나무 그늘이 제법 시원하게 느껴졌다. 그사이 감주집 늙은이는 그늘 아래에 빨갛게 칠한 짐을 내려놓았다. 햇빛이 강렬한 탓에 강 건너편 인가 기와지붕들과 주변 풍경이 몹시 꾀죄죄하게 보였다. 바람에 쫓겨 온 구름은 공장 굴뚝에서 맹렬하게 쏟아지는 매연보다도 낮게 깔려 미동도 없이 층층이 떠 있었다. 뒤쪽에 있는 조그만 낚시 도구 가게에서 11시를 알리는 시계 소리가 들려왔다. 그 소리를 세어보며 조키치는 새삼 자신이 얼마나 오래 걸어왔는지 깨닫고 깜짝 놀랐으나, 동시에 그만큼 또 움직이면 3시까지는 수월히 버틸 수 있을 것 같단 생각에 살짝 안심했다. 낚시꾼 한 명이 주먹밥을 먹는 것을 보고 조키치도 도시락을 꺼냈다. 뚜껑을 열고도 어쩐지 겸연쩍어 누가 보고 있는 건 아닐까 두리번두리번 주변을 둘러보았다. 다행히도 점심때라 그런지 강변을 돌아다니는 사람은 없었다. 조키치는 최대한 빨리 밥이고 반찬이고 가리지 않고 전부 삼켜버렸다. 낚시꾼들은 모두 조용히 입을 다물고 있었고, 감주집 늙은이는 조는 중이었다. 오후가 되자 강가는 더 한산해져 개 한 마리 보이지 않았기에 조키치도 이제는 자신이 왜 이리 눈치를 보는지, 왜 이리 겁을 내는지 이상하게 여기게 되었다.

료고쿠 다리와 신오하시 다리 사이를 한 바퀴 돈 뒤, 드디어 아사쿠사로 돌아가기로 결심했지만 그래도 혹시나 하는 마음에 요시초 골목 어귀에 다가가보았다. 사람들이 오전만큼 많지는 않아 일단 안심하고 조심조심 마쓰바야 앞을 지나가보았으나, 바깥에서는 집 안이 아주 어두워 보였고 사람 소리나 샤미센 소리는 들리지 않았다. 그래도 누군가에게 혼나는 일 없이 연인의 집 앞을 지나가보았다는 것만으로도 엄청난 모험을 한 느낌이라 조키치는 만족했다. 그 덕에 지금까지 걸어 다니느라 힘들고 지쳤던 것도 더는 후회스럽지 않았다.

4

조키치는 남은 며칠간 마지못해 학교에 다니며 첫 주를 버텼다. 하지만 일요일 하루를 쉬고 난 다음 날 아침, 우에노까지 와서는 갑자기 전차에서 내려버렸다. 선생님께 내야 할 대수 숙제는 하나도 하지 않았다. 영어와 한문 예습도 마찬가지였다. 게다가 생각해보니 오늘은 세상에서 가장 싫어하고 무서워하는 기계체조가 있는 날이었다. 중사 출신인 교사가 아무리 억지로 시킨다 해도, 혹은 같은 반 친구들에게 비웃음을 산다 해도 조키치는 철봉에 거꾸로 매달리거나 사람 키만큼 높은 단 위에서 뛰어내리는 일만은 도저히 할 수 없었다. 이렇듯 체육 시간에 하는 즐거운 놀이들을 함께할 수 없으니 다른 학생들은 자연스레 조키치를 무시하게 되었고, 조키치는 그 속에서 외톨이가 되었다. 결국 다른 학생들에게 심한 괴롭힘을 당할 뿐이었다. 그것 말고도 학교는 충분히 싫고 괴롭고 힘든 곳이었다. 그렇다고 해서 어머니가 바라는 대로 고등학교에 가고 싶다는 생각이 드는 것도 아니었다. 고등학교에 들어가면 교칙상 첫해는 반드시 기숙사 생활을 해야 하는데, 그 생활이 잔인하고 폭력적이라는 이야기를 들은 탓이었다. 기숙사 내에서 벌어졌다는 여러 일화들은 예전부터 조키치의 간담을 서늘하게 했다. 다른 학생들은 아무리 노력해도 조키치의 그림이나 습자 실력을 따라잡을 수 없었지만, 그 성정은 철권이나 유술 혹은 야마토다마시*와는 전혀 다른 방향으로 기울어져 있었다. 어릴 때부터 아침저녁으로 어머니가 생업으로 샤미센을 연주하는 것을 들어왔고 그걸 가장 좋아했다. 따로 배우지 않아도 자연스레 샤미센 현에 대해 알게 되었고, 마을에서 유행하는 노래는 한 번 듣고 바로 외울 정도였다. 고우메에 사는 외숙 라게쓰는 일찍부터 조키치의 소질을 간파하고 히모노초(檜物町)나 우에키다나(植木店)처럼 어디든 괜찮으니 일류 종가에 제자로 들여보내는 게 어떻겠냐고 오토요에게 권유한 적이 있었다. 하지만 오토요는 절대 승낙하지 않았다. 뿐만 아니라 그 후로 조키치가 샤미센을 만지면 심하게 잔소리를 하며 만지지도 못하게 했다.

조키치가 외숙 라게쓰의 말대로 그때부터 샤미센 연습을 계속했더라면 틀림없이 지금쯤은 어엿한 예인이 되어 있었을 것이다. 그랬다면 오이토가 게이샤가 된다 해도 이리 비참하게 여기지 않고 넘어갈 수도 있었을 것이다. 그야말로 돌이킬 수 없는 일이었다. 인생의 방향을 아예 잘못 틀어버린 기분이었다. 갑자기 어머니가 미워졌다. 어머니를 향한 말로 표현할 수 없는 원망과 함께 새삼스레 외숙에게 기대보고 싶다는 생각이 들었다. 지금까지는 어머니나 외숙이 가끔 얘기할 때마다 별 생각

---

* 大和魂: 일본 민족 고유의 용맹스러운 정신.

없이 듣던 외숙의 방탕했던 과거는, 사랑의 고통을 배운 조키치의 마음속에서 마치 어떤 의미라도 지닌 것처럼 새로이 해석되기 시작했다. 조키치는 가장 먼저 '고우메의 외숙모님'이 '긴페이다이코쿠'라는 집의 유녀였으며 메이지 초기 요시와라 해방 때에 외숙을 따라 그곳에서 나왔다는 이야기를 떠올려보았다. 어린 시절, 외숙모는 조키치를 예뻐해주었다. 그런데도 어머니 오토요는 외숙모를 별로 좋게 보지 않았는지 우란분회에 인사를 할 때도 그야말로 예의상 시늉만 하기도 했다. 여기까지 떠올리자 조키치는 또다시 어머니가 불쾌하고 원망스럽게 느껴졌다. 밤에도 거의 눈을 떼지 않을 정도로 자신만 바라보는 어머니의 사랑이 답답해 견딜 수가 없었다. 만약 어머니가 외숙모 같은 분이었다면——외숙모는 오이토와 조키치를 보며 인정 넘치는 목소리로 앞으로도 계속 사이좋게 지내야 한다고 말해준 적이 있었다——자신의 고통을 어떻게든 알아채고 가엾게 여겨주었을 것이다. 자신은 바라지도 않는 행복을 억지로 강요하지도 않을 것이다. 조키치는 어머니처럼 제대로 된 신분의 여자와 고우메 외숙모처럼 일종의 경력을 가진 여자의 심리를 서로 비교해보았다. 학교 선생님 같은 사람과 라게쓰 외숙 같은 사람을 비교해보기도 했다.

점심 무렵까지 조키치는 도쇼구* 뒤편 숲속 돌 위에 누워 이런 것들을 생각해보며 보따리 속에 숨겨두었던 소설책을 꺼내 탐독했다. 그리고 어떻게 하면 내일 내야 하는 결석계에다 어머니의 도장을 몰래 찍어 갈 수 있을지 고민했다.

---

* 東照宮: 도쿠가와 이에야스의 사당으로 닛코가 본당이며 센다이, 나고야 등 전국 각지에 소재하고 있다. 조키치가 간 곳은 도쿄도 다이토구의 우에노 도쇼구.

한동안 매일 밤낮없이 내리던 비도 그쳐, 이제는 구름 한 점 없는 맑은 날씨가 며칠이나 계속 이어졌다. 그러다가도 어쩌다 한번 하늘이 흐려지면 곧바로 바람이 불어와 길가의 메마른 모래를 흐트러뜨려놓았다. 바람과 함께 날씨는 점차 추워져 꼭 닫아둔 대문과 장지들이 쉼 없이 덜컹덜컹 구슬프게 움직였다. 조키치는 7시부터 시작되는 학교 수업에 가기 위해 늦어도 6시에는 일어나야 했다. 그런데 매일 아침 6시에 일어날 때마다 하늘이 점점 어두워지더니 나중에는 밤중과 똑같이 집 안에서조차 등불 빛에 의지해야 할 정도가 되었다. 매년 겨울이 올 때마다 조키치는 이 흐리고 누런빛의 램프를 바라보며 뭐라 표현할 수 없는 슬프고 불쾌한 기분을 느꼈다. 어머니는 자식을 격려하고자 항상 조키치보다도 먼저 일어나 얇은 잠옷 차림으로 따뜻한 아침밥을 지었다. 조키치는 그 사랑에 미안함을 느끼면서도 금세 졸음이 쏟아져 견디지 못했다. 잠깐이라도 각로(脚爐) 속에 들어가 있으려 해도, 어머니가 시계를 보며 계속 재촉을 해대니 투덜투덜하면서도 어쩔 수 없이 차디찬 강바람 속으로 나가야 하는 것이었다. 언젠가는 어머니가 지나치게 챙겨주는 것에 화가 나서 꼭 매고 다니라고 당부하던 목도리를 일부러 풀어놓아 감기에 걸려 오기도 했다. 이젠 되돌아갈 수 없는 몇 년 전 일이지만, 오이토랑 함께 라게쓰 삼촌을 따라 도리노이치*에 간 적이 있었다…… 매년 그날 일을 떠올릴 때면, 곧이어 올해도 작년과 다를 것 없이 추운 12월이 찾아왔다.

조키치는 서로 똑같아 보이는 올해의 겨울과 작년의 겨울, 그리고

---

* 11월 유일에 전국 각지의 오토리 신사에서 거행되는 축제.

또 작년의 겨울과 재작년의 겨울, 그 밖의 다른 해들의 겨울을 몇 년이나 되돌아보며, 인간이란 어른이 되면서부터 행복을 버리고 살아가는 존재라는 것을 확실히 알게 되었다. 아직 학교에 다니지 않았던 어린 날에는 아침에 일어나 날이 추우면 자고 싶은 만큼 느긋하게 잘 수 있었다. 게다가 그렇게까지 추위를 많이 타지도 않았다. 찬바람이 불거나 비가 내리는 날에는 오히려 재미있다며 밖으로 뛰쳐나가곤 했다. 아아, 그랬던 자신이 이제는 아침마다 이마도 다리의 하얀 안개를 헤치고 가야 한다니 이 얼마나 괴로운 일인가. 게다가 오후가 되어 차고 메마른 바람으로 가득한 마쓰치야마에 일찍부터 저녁 해가 기우는 모습은 또 얼마나 슬픈가. 앞으로 1년씩 해가 거듭될 때마다 어떤 새로운 고통이 몸을 찾아들까? 조키치는 올해 12월만큼 시간이 빨리 가는 것을 슬프게 느낀 적이 없었다. 관음당 경내에는 벌써부터 섣달 대목장이 섰다. 집에는 어머니의 제자들이 세밑 선물이라며 가져온 설탕 주머니나 가다랑어 포 같은 것들이 도코노마 위로 조금씩 늘어나고 있었다. 학교 시험은 이제 끝났는데, 선생님은 조키치의 성적이 아주 나빠졌다는 주의서를 작성하여 어머니에게 우편으로 보냈다.

처음부터 각오하던 일이라 조키치는 입을 다물고 고개를 푹 숙인 채, 다른 말을 하다가도 금세 "세상엔 너랑 나밖에 없다"고 서글피 말하는 어머니의 말을 듣기만 했다. 오전반 아이들이 돌아갔으니 3시가 지나 오후반 아이들이 하굣길에 연습을 하러 오기 전까지는 어머니가 우세한 시간이었다. 바람도 없이 겨울 해가 길가로 난 창문 한쪽을 비추고 있었다. "실례합니다." 대문 너머에서 갑자기 화사한 여자의 목소리가 들려왔다. 놀란 어머니가 채 일어서기도 전에 마루 끝 문 바깥쪽에서 다음 말이 이어졌다. "아주머니, 저예요. 그간 너무 인사를 못 드려서 인사드리러 왔어요."

조키치는 몸을 떨었다. 오이토였다. 오이토는 제법 괜찮아 보이는 외투의 끈을 풀며 집으로 들어왔다.

"어머, 조키치도 있네. 학교는 방학?…… 어머, 그렇구나." 오이토는 말을 하다가 호호호호 웃으며 예의 바르게 손을 바닥에 짚고 절을 했다. "아주머니, 별일은 없으셨어요? 외출하기가 너무 힘들어서, 인사를 자주 못 드렸어요……"

오이토가 비단 보따리 사이에서 과자 상자를 꺼냈다. 조키치는 어안이 벙벙하여 아무 말도 못 하고 오이토를 바라만 보았다. 어머니도 뭔가에 홀린 듯 선물을 챙겨줘서 고맙다고 인사를 한 후 말을 이었다. "예뻐졌구나. 누군지 몰라볼 뻔했네."

"좀 늙지 않았어요? 다들 그런 소릴 하던데." 오이토는 예쁘게 웃으며 풀어놓았던 보라색 비단 외투의 끈을 다시 묶었다. 그러고는 허리띠 사이에서 벨벳으로 만든 진홍색 담배쌈지를 꺼냈다. "아주머니. 저 벌써 담배도 피워요. 좀 건방지죠?"

이번에는 큰 소리로 웃었다.

"이쪽으로 들어오렴. 추우니까." 오토요는 목제 화로에서 쇠주전자를 내리고는 차를 준비하며 물었다. "게이샤 첫인사는 언제 했니?"

"아직요. 계속 곧 할 거라고만 하던걸요."

"그렇구나. 오이토라면 잘나갈 거야. 예쁘기도 하고, 기본기는 이미 갖췄으니 말이야……"

"덕분이지요." 오이토가 잠시 말을 멈추었다. "거기 언니도 무척이나 기뻐했어요. 나보다 나이도 많으면서 정말 못 하는 애가 있거든요."

"그럴 때가 있지." 오토요는 문득 떠올랐다는 듯 선반에서 과자 그릇을 꺼내어 젓가락으로 집어주기까지 했다. "공교롭게도 아무것도 없구나…… 도료를 모시는 사이조 사의 명물인데 좀 맛이 특이하단다."

"스승님, 안녕하세요." 단조롭게 들리는 앳된 소리와 함께 조그마한 여자아이 두 명이 소란스럽게 연습을 하러 들어왔다.

"아주머니, 전 신경 쓰지 마시고……"

"무슨 소릴 하는 거니." 말은 그렇게 하면서도 오토요는 옆방으로 건너갔다.

왠지 쑥스러워 슬쩍 고개를 숙인 조키치에게, 오이토가 조금도 달라지지 않은 작은 목소리로 말을 걸었다.

"그때 편지는 받았어?"

옆방에서 두 여자아이가 입을 맞춰 "사가야오무로의 하나자카리"*라고 노래를 불렀다. 조키치는 고개를 끄덕이면서 머뭇거렸다. 오이토가 편지를 준 것은 11월의 첫째 유일(酉日) 전이었다. 내용은 그저 집에서 나가기가 어렵다는 것뿐이었다. 조키치는 오이토와 헤어진 후에 어떻게 지내고 있는지 소상히 적어 바로 답장을 보냈지만, 아무리 기다려도 오이토의 답은 돌아오지 않았다.

"오늘 센소 사 관음당 장날이지. 같이 갈래? 나 오늘은 자고 가도 되니까."

조키치는 옆방에 있는 어머니가 신경 쓰여 아무런 답도 하지 못했다. 오이토는 신경 쓰지 않았다.

---

* 도키와즈 '쇼몬'의 가사 한 구절. '사가야'는 '흰 생선 오보로'를 가리키는데, 여기서 '오보로'는 찐 생선을 으깨어 양념한 후 볶거나 말린 요리를 말한다. '오보로'와 발음이 비슷하며 교토 지역의 절 닌나 사를 가리키는 '오무로'를 넣어 언어유희의 묘미도 함께 지닌 가사다.

"밥 먹고 데리러 와" 하고는 곧이어 덧붙였다. "아주머니도 같이 모시고 올 거지?"

"으응." 조키치는 힘 빠진 목소리로 대답했다.

"저기……" 오이토가 갑자기 생각난 듯 말했다. "고우메에 계신 네 외삼촌, 저번에 보니까 술에 취해선 하고이타*집 할아버지랑 싸우고 있더라. 언제였더라. 암튼 무서웠어. 오늘 오시면 좋을 텐데."

오이토는 수업 중이던 오토요에게 인사를 했다. "그럼 밤에 뵙겠습니다. 실례했습니다." 그리고 총총걸음으로 돌아갔다.

6

조키치는 감기에 걸렸다. 정월 7일이 지나 학기가 시작되자마자 무리를 해서 하루 학교에 가더니, 유행성 감기에 걸려선 정월 내내 누워 지냈다.

이마도 하치만 신사 경내에서는 아침부터 하쓰우마** 북소리가 들려왔다. 따뜻하고 부드러운 오후의 햇살이 들이비치는 길가 쪽 창가에는 때때로 처마를 스치듯 날아가는 작은 새들의 그림자들이 오갔다. 햇살은 거실 구석의 어두컴컴한 불단 안쪽까지도 밝혔고, 도코노마의 매화는 벌써 꽃잎이 떨어지기 시작했다. 문을 꽁꽁 닫아둔 집 안으로까지 봄은 명랑하게 찾아왔다.

조키치는 2, 3일 전부터 자리에서 일어날 수 있게 되어, 날이 따뜻

---

* 정초에 가지고 노는 전통 놀이 기구로, 자루 모양의 판자 한쪽 면에 그림이 그려져 있다.
** 2월 첫 오일(午日)에 진행되는 신사의 제사.

해진 것을 보고 어슬렁어슬렁 산책에 나섰다. 아픈 것이 전부 나은 지금
은 20일 넘게 앓아누웠던 일이 뜻밖에 찾아온 행운처럼 느껴졌다. 아무
래도 다음 달에 있을 학년 시험은 떨어질 것 같은데, 병결 뒤 낙제라면
모양상 어머니에게도 당연하다는 듯 설명할 수 있을 터이니 말이다.

길을 걷다 보니 어느새 아사쿠사 공원 뒷길로 나왔다. 좁은 길 한쪽
에는 깊숙이 수로가 나 있고, 그 건너 철책 너머로는 군데군데 커다랗고
메마른 초목들이 서 있었다. 그리고 그 아래로는 아사쿠사 공원 5구(區)
양궁 가게의 더러운 뒷길이 연달아 보였다. 낮은 지붕이 길 한쪽으로만
늘어선 인가는 마치 누가 깊은 도랑 쪽으로 밀어버린 것처럼 보였는데
그 때문인지 혼잡하지 않은 길은 이상하게도 항상 바빠 보였다. 여기저
기 배회 중인 인상이 더러운 차부는 옷차림이 나름 깔끔한 사람 뒤를 시
끄럽게 따라다니며 집요하게 차에 타라고 권하고 있었다. 조키치는 언제
나 순사가 서 있는 왼쪽의 돌다리에서 아와시마까지 다 내다보이는 네거
리까지 걸어가, 지나가던 사람들이 걸음을 멈추고 쳐다보는 것처럼 자신
도 똑같이 굽은 길에 나와 있는 미야토자의 그림 간판을 바라보았다.

자간을 지나치게 좁혀 그림처럼 보이게 제목을 굵게 적어둔 나무 간
판의 옆쪽으로는, 얼굴이 아주 작고 눈이 크고 손끝이 굵은 인물이 마치
이부자리라도 짊어진 것처럼 커다란 기모노를 입고 다양한 과장된 자세
를 취하며 활약하는 모습이 그려져 있었다. 이 커다란 그림 간판이 걸려
있는 지붕 처마에는 수레에 달아야 할 법한 조화가 아름답게 장식되어
있었다.

아무리 햇살이 따뜻해도 아직은 입춘이 막 지난 시기. 조키치는 잠
깐이라도 찬바람을 피하고 싶어져 그림 간판을 보자마자 그대로 좁은
문을 지나 입석 구역으로 들어갔다. 안으로 들어서자 발판이 그리 튼튼

치 못한 사다리가 있었다. 그 안쪽부터 동그랗게 굽어진 곳까지는 벌써 어두컴컴했고 그보다 더 어두운 위에서는 사람들의 냄새와 함께 뜨끈뜨끈한 온기까지 풍겨왔다. 사람들은 배우의 이름을 연호하고 있었다. 그것을 듣고 조키치는 도시 출신의 관객만이 느낄 수 있는 특별한 쾌감과 열정을 느꼈다. 사다리 발판을 두세 단씩 올라 인파 속으로 뛰어들어가 보았다. 마루 판자가 기울어진 낮은 지붕 뒤에 위치한 입석은 마치 커다란 배의 바닥 같은 느낌이었다. 객석 뒤에 군데군데 달려 있는 가스등 불빛은 수많은 관객들의 머리에 가려져 아주 어둡게 보였다. 자리가 없어 원숭이처럼 앞쪽 철봉에 매달린 사람들 건너편으로 극장의 내부가 보였다. 천장은 꽤 넓어 보였고 반대로 무대 위는 기묘한 분위기가 감돌아 아주 좁고 멀리 있는 것처럼 보였다. 무대는 딱따기 소리에 맞춰 방금 막 회전을 멈춘 상태였다. 직선을 똑바로 그어 돌담을 그려둔 아래로 지저분한 하늘색 천이 펼쳐져 있었으며, 뒤쪽 배경에는 기와를 얹은 토담으로 조그맣게 다이묘*의 저택을 표현해두었다. 위쪽에는 밤하늘을 그리고 싶었던 건지 한쪽 면이 빈틈없이 새까맣게 칠해져 있었다. 조키치는 지금까지 연극을 봐왔던 경험을 돌이켜보았을 때 '밤'과 '강가'가 등장하니 틀림없이 살인 현장이 나올 거라고 생각했다. 유치한 호기심이 일어 발을 들고 목을 빼자, 이제 연극이 시작되려는 건지 쉼 없이 흘러나오던 큰북의 낮은 소리에 맞춰 판자를 탁탁 치는 소리가 났다. 동시에 왼쪽의 어두운 경비 초소에서 하인과 돗자리를 끌어안은 여자가 큰 소리로 다투면서 무대로 나왔다. 관객들이 웃었다. 무대 위의 인물이 잃어버린 물건을 찾는 것처럼 바닥에서 무언가를 주웠다. 그러고는 방금 전과는 태도

* 에도 시대에 만 석 이상의 영지를 소유한 막부 직속의 무사.

를 완전히 바꾸어 "조루리 제목은 「우메야나기나카모요이즈키」,* 낭송하는 배우는……"이라고 명료한 말투로 배우를 소개하기 시작했다. 관객들은 기대하며 여기저기서 말을 걸었다. 다시 가벼운 딱따기 소리가 나고 이를 신호로 검은 옷을 입은 남자가 오른쪽 구석에 세워둔 배경 일부를 떼어내자, 예복을 차려입은 조루리 낭송자 세 명과 샤미센 연주자 두 명이 좁다란 대 위에 나란히 섰다. 곧이어 샤미센 연주가 시작되고, 낭송자가 소리에 맞춰 이야기를 시작했다. 조키치는 항상 이런 종류의 음악에 관심이 있었고, 자주 들어 익숙했던 터라 객석 어딘가에서 아기가 울든 혹은 다른 관객이 아기 우는 것을 두고 질타를 하든 말든 극 중 대사와 샤미센을 연주하는 손을 확실하게 구분할 수 있었다.

으스름한 달밤, 별 그림자를 향해 둘 혹은 셋, 넷 혹은 다섯 걸음. 종소리도 들려오니 혹시라도 날 쫓는 사람일까……

또다시 가벼운 발소리와 함께 분위기가 바뀌었다. 극 속에 푹 빠져 이런저런 참견을 하고 있던 관객들뿐만 아니라 극장 전체의 분위기가 바뀐 것이었다. 그럴 만도 했다. 빨간 속옷 위에 새틴으로 만든 넉넉한 보라색 소매를 붙여 입은 유녀가 얼굴을 천으로 가리며 몸을 구부린 채 통로 쪽에서 달려 나왔기 때문이었다. "안 보여. 앞 사람 때문에." "모자를 벗어." "바보 같은 자식." 이렇게 소리를 지르는 사람도 있었다.

도망을 가려 해도 뱅어처럼, 배의 불빛이나 그물보다도 사람 눈이

---

* 「열엿새 밤 달(十六夜の月)」이라는 제목으로 알려지기도 함. 1859년에 초연.

꺼려진 탓에……

여자로 분장한 배우는 하나미치* 끝까지 걸어가선 뒤를 돌아보며 대
사를 읊었다. 그 후에 노래가 이어졌다.

잠시 멈춰선 상류에서 매화를 보고 돌아선 배의 노래.
'숨을 수 있다면, 숨을 수만 있다면. 어두운 밤은 그냥 놔두세요.
달 가리는 구름도 없이, 마음 졸이며 기다리는 밤. 열엿새 밤. 나의 끝
은 아아, 어이할꼬. 어이할꼬.'
점괘를 듣고 들뜬 마음. 빠르게 구름이 흘러가던 비 내리는 하늘
도 갑자기 맑게 개어 마주한 달의 얼굴과 얼굴……

관객들이 다시 시끄러워졌다. 밤하늘이라며 새까맣게 칠해둔 벽 한
가운데를 크게 도려낸 동그란 구멍에 불이 비치며, 구름 모양의 덮개를
실로 잡아당기는 것이 이쪽에서도 잘 보였다. 달이 너무나도 밝고 큰 바
람에 다이묘의 저택은 멀리 있는 것처럼, 달은 반대로 더 가까이에 있는
것처럼 보였다. 하지만 조키치는 다른 관객들과 마찬가지로 아름다운 환
상을 깨고 싶지 않았다. 작년 늦여름 오이토를 요시초에 보내려고 만난
날, 이마도 다리 위에서 바라보았던 그 커다랗고 동그란 달을 떠올리니
이제 무대가 무대로 보이지 않게 된 것이었다.
산발에 평복을 입은 남자가 마음이 지친 것처럼 위태위태하게 걸어
왔다. 남자는 여자와 스쳐 지나가다가 얼굴을 바라보며 물었다.

---

* 관람석을 건너질러 만든 통로.

"이자요이인가?"

"세이신 님이신가요?"

여자가 남자에게 기대며 말했다. "보고 싶었어요."

관객들 사이에서 "이야, 저 둘 좀 봐." "좋은데? 활활 타오른다." 이런 말들이 흘러나왔다. 그리고 웃음소리. "조용히 해"라고 화를 내는 열정적인 사람도 있었다.

무대는 서로 사랑하는 남녀가 물속으로 들어가는 장면, 그리고 여자가 뱅어잡이 배의 그물에 걸려 구출되는 장면으로 전환되었다. 다시 원래 무대로 돌아가 남자도 마찬가지로 죽지 못하고 돌담 위로 기어오르는 장면이 이어졌다. 멀리서부터 들려오는 소란스러운 소리와 부귀에 대한 선망, 생존의 기쁨과 자신의 처지에 대한 절망, 기회와 운명, 유혹, 살인. 온갖 파란에 파란을 더하는 각색을 통해 연극의 1막이 드디어 끝났다. 근처에서 누군가가 엄청나게 새된 목소리로 "이제 바뀝니다—" 하고 소리를 질렀다. 관객들이 출구 쪽으로 무질서하게 내려갔다.

바깥으로 나온 조키치는 걸음을 서둘렀다. 주변은 아직 밝았지만 해는 벌써부터 보이지 않았다. 어수선한 센조쿠마치 가게들에서 포럼과 깃발들이 격렬하게 나부꼈다. 길을 걷다 시간을 확인하려고 허리를 굽혀 건물 안쪽을 들여다보았지만, 처마가 낮아서 그런지 집 안은 새까맣게 보였다. 한 번 앓은 후부터 저녁 바람을 두려워하게 된 탓에 조키치의 걸음은 점점 빨라졌지만, 산야보리에서 이마도 다리 저편으로 보이는 스미다 강의 경치를 바라보니 어쩐지 잠깐이라도 멈춰 서야 할 것만 같았다. 강물은 슬픈 회색으로 빛나고 있었다. 겨울 해더러 얼른 들어가라고 재촉하는 수증기는 건너편 벼랑의 제방을 흐릿하고 몽롱하게 만들었다. 짐배의 돛 사이로 갈매기가 몇 마리나 지나갔다. 조키치는 부드럽게 흘러가는 강물을 보며 속절없고 슬프다는 생각을 했다. 강 건너 제방 위에는 하나둘씩 불이 켜지기 시작했다. 메마른 수목과 말라붙은 돌담, 지저분한 기와지붕. 눈에 들어오는 모든 것들이 빛을 잃고 추워 보인 탓에 연극을 본 후로 한순간도 잊히지 않는 세이신과 이자요이의 화려한 모습이 하고이타에 그려진 그림처럼 한층 더 선명히 떠올랐다. 조키치는 극중 인물이 원망스러울 정도로 부러웠다. 아무리 부러워한다 해도 어차피 따라잡을 수 없는 자신의 처지가 슬펐다. 죽는 게 차라리 나을 거라는 생각과 함께, 같이 죽어줄 사람이 없는 자신의 신세가 너무나도 처량하게 느껴졌다.

이마도 다리를 건너기 시작하자 누가 뺨을 때리기라도 하듯 세차게 다가오는 강바람. 무의식중에 추위에 진저리를 친 순간, 조키치는 목 안쪽에서부터 여태 자신이 외우고 있었는지도 몰랐던 조루리 한 소절이 절로 흘러나와 깜짝 놀랐다.

"이제 와서 말하는 것도 어리석지만……"

이 부분은 기요모토*의 어떤 종파가 남들은 모방할 수 없는 미려한 곡조로 표현한 한 소절이었다. 조키치는 낭송자가 목과 몸을 길게 빼고 노래를 할 때처럼 큰 소리를 내어 잘 부른 것은 아니었다. 그저 목에서 흘러나오는 것을 입안에서만 낮게 노래한 것이었으나, 그것만으로도 조키치의 멈추지 않는 마음의 고통은 어느 정도 나아지는 것 같았다. 이제 와서 말하는 것도 어리석지만…… 진실로 그리워한다면…… 벼랑에서 훔쳐본 푸른 버들의…… 조키치는 집에 도착해 문을 열기 전까지 머릿

---

* 기요모토부시라고도 부르는 조루리의 일종.

속에 떠오른 소절을 조금씩 반복해 노래하며 걸었다.

7

이튿날 오후 다시 한 번 미야토자로 연극을 보러 갔다. 조키치는 서로 사랑하는 두 사람이 손을 잡고 한탄하는 아름다운 무대를 보며, 어제 처음으로 경험해본 말 못할 비애의 감각에 다시 취하고 싶었다. 게다가 검게 그을린 천장과 벽으로 둘러싸인 2층 방의 음침한 풍경, 많은 등불, 사람이 잔뜩 모인 연극의 어수선한 그 분위기가 참을 수 없을 만큼 그리웠기 때문이었다. 조키치는 오이토를 생각하지 않을 때도 가끔 이유 없이 쓸쓸하고 슬퍼질 때가 있었다. 스스로도 왜 그런 건지 전혀 알 수 없었다. 그저 외롭고 슬플 뿐이었다. 그 적막함과 비애를 달래기 위해 조키치는 딱 무엇이라고 형언할 수 없는 그런 것들을 하나하나 강하게 원하게 되었다. 누구든 괜찮으니 상냥하게 답해줄 미인에게, 그간 가슴 속에 숨겨왔던 막연한 고통을 호소해보고 싶어 견딜 수 없었다. 오이토뿐만 아니라 누군지 전혀 모를, 거리에서 마주친 시마다마게를 한 여자나 이초가에시*를 한 게이샤, 아니면 마루마게**를 한 부인의 모습 같은 것들이 꿈속에서도 떠오를 때가 있었다.

조키치는 두번째 보는 연극을 마치 처음 보는 것처럼 흥미롭게 바라보고 있었다. 그러면서도 이번에는 시끌시끌한 주변의 관람석을 결코 등

---

　* 정수리에서 모은 머리를 좌우로 갈라 반원형으로 틀어 맨 여자 머리.
** 에도 시대부터 메이지 시대까지의 헤어스타일로 후두부에 약간 평평한 타원형의 상투를 단 모양. 주로 결혼한 부인들이 했음.

한시하지 않았다. 세상에는 저렇게나 여자가 많구나. 그런데 저 많은 여자들 중에 날 달래주는 사람은 왜 없는 걸까. 누구든 좋다. 한마디라도 좋으니 다정하게 말을 걸어주는 여자가 있다면, 나는 이리 애절하게 오이토만을 바라보고 있진 않을 것이다. 오이토를 생각하면 할수록 그 고통을 줄이기 위해 다른 것을 원하게 되었다. 그리고 학교나 이와 관련된 앞으로의 일들에 대해선 절망만이 떠올라 우울해졌다……

혼잡한 입석에서 연극을 보는 중에, 갑자기 누군가가 자신의 어깨를 치기에 깜짝 놀라 뒤를 돌아보았다. 조키치의 눈에 한 단 위의 마루에서 목을 빼고 내려다보고 있는 젊은 남자가 들어왔다. 남자는 사냥용 모자를 깊숙이 눌러 쓰고 검은 안경을 걸치고 있었다.

"기치, 맞지?"

말은 그렇게 했지만 기치의 풍채가 너무 변해 있던 탓에 조키치는 한동안 다음 말을 꺼내지 못하고 있었다. 기치는 시골마을 소학교 시절의 친구로, 산야 거리에 있는 아버지 이발소에서 일하며 지금까지 조키치의 머리를 다듬어주던 청년이었다. 그랬던 친구가 비단 손수건을 목에 두르고 코트 아래로는 고급 명주로 만든 겉옷을 입고선, 향수 내까지 풍기며 얼굴을 내밀고는 조키치의 귓가에 속삭이는 것이었다.

"조키치, 나 배우가 됐어."

입석이 복잡하기도 했고, 놀란 탓에 아무 말도 할 수 없었다. 무대는 이윽고 어제처럼 강가의 암투 장면으로 바뀌어 극중 주인공은 훔친 돈을 품에 넣고 통로를 달려 나가며 돌팔매질을 하고 있었다. 그리고 그것을 신호로 딱따기 소리가 딱 하고 울렸다. 막이 움직였다. 입석 사람들 틈에서 어제도 들은 "이제 바뀝니다—" 하는 소리가 났다. 사람들이 좁은 출구를 향해 몰려드는 사이, 막은 완벽하게 당겨져 있었고 어딘지 알 수 없는 무대 안쪽에서부터 막을 내리는 북소리가 들려왔다. 기치가 조키치의 소매를 붙들었다.

"조키치, 집에 가려고? 괜찮으면 한 막 더 보고 가."

배우 옷을 입은 천박한 얼굴의 남자가 감물을 먹인 종이를 붙인 작은 소쿠리를 들고 다음 막의 요금을 받으러 왔기에, 조키치는 시간을 걱정하면서도 그대로 남았다.

"조키치, 여기 참 좋아. 앉을 수도 있고." 기치는 사람이 없는 뒤쪽 들창에 앉아 조키치가 옆에 앉기를 기다렸다가 다시 말을 꺼냈다. "난 이제 배우야. 많이 변했지?" 화려하게 물을 들인 비단 소매를 당기며 일부러 그러는 것처럼 검은 금테 안경을 벗어 들고 닦기 시작했다.

"맞아, 변했어. 처음엔 누군지 몰라봤는걸."

"놀랐어? 하하하하하." 기치는 아주 기쁘다는 듯이 웃었다. "왜 이래, 조키치. 이래 봬도 나름 배우라니까. 이이(伊井) 극단의 새로운 배우라고. 모레부터는 신토미초에서 공연해. 다 준비되면 보러 와. 어때? 대기실 입구로 와서 다마미즈를 찾으면 돼."

"다마미즈……?"

"응. 다마미즈 사부로……" 기치는 얼른 품속에서 여자들이 들고 다닐 법한 쌈지를 꺼내 들더니, 작은 명함을 보여주었다. "봐, 다마미즈 사부로. 난 이제 예전의 그 기치가 아니라고. 벌써 배역 일람표에도 제대로 들어가 있으니까 말야."

"재미있겠다. 배우가 되면."

"재미있기도 하고 힘들기도 해…… 하지만 여자는 부족하지 않지." 기치는 조키치의 얼굴을 슬쩍 보며 물었다. "조키치, 너도 놀고 그래?"

조키치는 "아직"이라고 답하면서 순간 남자로서 부끄럽다는 생각이 들어 입을 다물었다.

"에도에서 제일가는 '가지타로'라는 집 알아? 오늘 밤에 같이 가자. 걱정하지 않아도 돼. 자랑하려는 건 아니지만 걱정하지 않아도 될 이유가 있으니까. 날 딱 보면 알겠지. 하하하하하." 기치가 철없이 웃었다. 조키치가 불쑥 물었다.

"게이샤는 비싸겠지?"

"조키치, 넌 게이샤가 좋아? 비싸게 노네." 기치는 의외라는 듯 조키치의 얼굴을 돌아보았다. "다 그런 거지, 뭐. 하지만 돈으로 여자를 사기엔 넌 사람이 너무 좋으니까. 공원에 내가 아는 대합*이 두세 집 있으니까 데려다줄까? 내가 다 안다니까."

아까부터 관객들이 서너 명씩 끊임없이 올라오면서 입석이 꽤 복잡해졌다. 앞의 막부터 남아 있던 사람들 중에는 기다리기 지쳐서 손뼉을 치는 사람도 있었다. 무대 안쪽에서 딱따기 소리가 천천히, 그러면서도 점점 가까이에서 들리는 것처럼 울려 왔다. 조키치가 힘들게 앉아 있던 들창에서 일어섰다.

"아직 아니야." 기치가 혼잣말처럼 말했다. "조키치, 저건 회전 딱따기라고 하는 건데 배우 대기실에다가 도구 준비가 다 되었다고 알려주는 신호야. 막이 오르려면 아직 한참 남았어."

기치가 침착하게 궐련을 피우기 시작했다. "그렇구나." 조키치는 감탄한 것처럼 대꾸하며 일어서서 금속으로 된 입석 창문에서 무대 쪽을 바라보았다. 통로의 일반 객석을 보니 기치가 말한 것처럼 회전 딱따기가 뭔지 모르는 관객들은 벌써 막이 올라갔나 싶어 돌아다니는 것을 멈

---

* 개인의 만남을 위해 방을 빌려주던 다실. 손님이 기생을 불러 유흥을 하는 용도로 주로 쓰였음.

추고 각자의 자리로 돌아가려 우왕좌왕하고 있었다. 저녁 해는 무대 옆 좌석 뒤로 여닫이 막의 한 면을 비스듬히 비추고 있었는데, 그 빛을 따라 공중을 떠도는 먼지와 담배 연기가 그대로 눈에 보였다. 조키치는 이 햇빛이 슬프다고 생각하며, 마침 안으로 들어온 바깥바람에 크게 흔들리는 여닫이 막의 윗부분을 응시했다. 여닫이 막에는 '이치카와 ○○님에게, 아사쿠사 공원 예기 모임'이라는 글씨와 여러 게이샤들의 이름이 함께 적혀 있었다. 잠시 후 조키치가 물었다.

"기치, 너 저 중에 아는 게이샤 있어?"

"왜 이래. 공원은 내 영역이라니까." 기치는 조금 욱했는지 여닫이 막 위에 적힌 게이샤들의 이름을 보며 거짓인지 진실인지 알 길도 없는, 한 명 한 명의 경력과 외모 그리고 성격에 대해 계속 설명해주었다.

딱따기가 딱딱 하고 두 번 울렸다. 막을 여는 노래와 샤미센 소리가 나면서, 조금씩 빨라지는 딱따기의 박자에 맞춰 막이 한쪽으로 걷어졌다. 관객들 사이에서 벌써부터 배우의 이름을 부르는 함성이 이어졌다. 이야기나 하며 시간을 보내려던 관객들도 순식간에 입을 다물었으며, 장내는 날이 밝은 것처럼 밝고 활기찬 분위기로 물들었다.

8

오토요는 이마도 다리까지 걸어오며 지금이 꽃이 흐드러지게 피는 봄, 4월이라는 것을 처음으로 깨달았다. 여자 혼자 살림을 꾸리고 있다 보니 깨끗하고 파랗게 갠 하늘과 창을 비추는 햇살, 대각선 건너편에 있는 '미야타가와'라는 장어집 문간에 자란 버드나무에서 초록빛 싹들이 피어난 것을 보고서야 계절의 변화를 깨닫게 된 것이었다. 언제나 양옆의 지저분한 기와지붕에 가로막혀 사방이 보이지 않는, 지대가 낮은 변두리 동네에서 지내다가 갑자기 다리 위로 나와 바라본 4월의 스미다 강 정경은 1년에 두세 번 정도, 손으로 꼽을 수 있을 만큼밖에 나오지 않는 어머니 오토요의 노안을 놀라게 할 만한 모습이었다. 맑은 하늘 아래 반짝이며 흘러가는 강물, 제방 위로 피어난 푸른 풀들과 그 위로 이어지는 벚꽃, 온갖 종류의 깃발들이 나부끼는 대학교 보트 창고, 그 주변에서 들려오는 사람들의 함성과 총소리. 수많은 사람들이 꽃구경을 하러 나룻배를 타고 강을 오가는 혼잡한 풍경. 이러한 모습은 지친 어머니의 눈에 지나치게 강렬하게 보일 정도였다. 오토요는 선착장 쪽으로 내려가다 갑자기 겁이 난 듯 발길을 돌려 긴류잔* 아래 그늘이 진 가와라마치로 서둘러 갔다. 그리고 지나가는 인력거들 중 되도록 지저분한 인력거, 또 되도록 무기력해 보이는 차부를 찾아 쭈뼛쭈뼛하며 말을 걸었다.

"기사님, 고우메까지 싸게 좀 가주세요."

오토요는 한가하게 꽃구경이나 할 상황이 아니었다. 어떻게 해야 좋을지 알 수가 없었다. 모든 것을 다 바쳐 뒷바라지를 한 외동아들 조키치가 시험에서 낙제를 했고 게다가 이제는 학교에 가기 싫다, 학문도 싫다 하고 있다. 오토요는 어찌해야 할지 몰라 오라비 라게쓰에게 의논을 할 수밖에 없다는 결론을 내렸다.

세 번의 흥정 끝에 늙은 차부가 드디어 오토요가 바라는 운임에 고우메까지 가주기로 했다. 아즈마 다리는 오후 햇살과 먼지 가운데 엄청난 인파로 붐비고 있었다. 화려하게 차려 입고 꽃구경을 나온 젊은 남녀

---

* 金龍山: 아사쿠사 센소 사의 산호(山號).

를 태우고 기세 좋게 달리는 인력거들 사이로, 오토요를 태운 늙은 차부는 키를 흔들며 비틀비틀 걸어 다리를 건넜다. 차부는 활짝 핀 벚꽃은 아랑곳하지 않고 다리를 건너자마자 바로 나카노고로 길을 꺾었다. 그러자 나리히라 다리로 나오게 되었는데, 이 주변은 봄이라 해도 얇고 지저분한 널빤지 지붕 위에 햇볕이 내리쬐는 것 말고는 다를 게 없었다. 수로 속에 고인 물이 화창한 파란 하늘을 그대로 담고 있는 히키후네도리. 한때 긴페이로(金甁櫻)의 고다유*라 불리며 라게쓰가 사랑하던 여인은 무명옷 소매에 수건을 두르고 오랜 세월 분을 바른 탓에 갈색으로 바랜 주름진 얼굴을 햇빛에 내놓은 채, 딱지치기나 팽이 놀이를 하는 아이들 말고는 지나가는 사람이 거의 없는 길 위 문 앞에 서서 판자에다가 종이를 주름지지 않게 붙이고 있었다. 그러다 그 앞까지 달려와 멈춘 인력거와 거기서 내리는 오토요의 모습을 보고 열려 있던 문을 통해 집 안에 소식을 전했다.

"어머, 웬일이야. 여보, 이마도 선생님이 오셨어요." 남편 라게쓰는 만년청 화분을 줄 세워둔 마루 끝에 작은 상을 두고 앉아 하이카이들을 읽으며 순위를 매기느라 막 바쁠 때였다.

라게쓰는 쓰고 있던 안경을 벗고 책상에서 일어나 방 가운데로 자리를 옮겼다. 라게쓰의 아내 오타키는 소매를 고정시켜둔 어깨 끈을 고쳐 매며 손님 오토요와 함께 들어왔는데, 둘은 나이도 비슷하면서 몇 번이나 고개를 숙여가며 오래 인사를 했다. 그렇게 인사를 하는 사이, "조키치도 잘 지내죠?" "하아, 걔 때문에 너무 힘들어요"라는 대화가 오간 덕에 라게쓰는 생각보다 빨리 오토요가 찾아온 이유를 알게 되었다. 라게

---

* 이치카와 고다유, 가부키 배우.

쓰는 조용히 담배꽁초를 턴 다음 누구든 젊은 시절에는 방황하는 법이다, 나도 그랬지만 그때는 부모 말은 싫은 소리로밖에는 들리지 않는다, 엄격하게 간섭하기보단 그냥 하고 싶은 대로 놔두는 편이 약이 될 것이다 등등의 말을 했다. 하지만 여자 혼자 아들을 키우며 앞길이 막막해 잔뜩 겁을 먹은 오토요는, 화류계 사정을 잘 아는 오라비의 방임주의를 도저히 받아들일 수 없었다. 오토요는 조키치가 꽤 오래 전부터 학교를 빠져왔고, 자신의 도장을 훔쳐다가 서류를 위조했던 일들이 마치 이렇게 될 운명의 전조였다는 듯이 목소리를 낮춰가며 오래오래 설명했다……

"학교가 싫으면 뭘 하고 싶은 거냐고 물어봤더니, 글쎄 그러는 거예요. 배우가 될 거라고요, 배우가. 대체 어떡해야 좋을지. 오라버니, 전 조키치의 근성이 썩었다는 생각만 들고 그저 화가 날 뿐이에요."

"오, 배우를 하고 싶어 하는구나." 라게쓰는 별로 놀라워하지도 않으며 일고여덟 살 시절에 자주 샤미센을 가지고 놀던 조키치의 어린 날들을 떠올렸다. "본인이 그렇게 하고 싶어 한다면 어쩔 수 없는 거 아니겠느냐…… 힘들겠군."

오토요는 자신이야 집안 사정 때문에 이 길로 빠졌지만 자식에게까지 그런 미천한 짓을 시키는 것은 조상을 볼 면목이 없는 짓이라 했다. 라게쓰는 집안이 망한 얘기나 옛날 일 얘기가 나오면 그 탓에 의절까지 당했던 방탕한 자신이 떠올라 대머리를 긁고 싶어질 정도로 당혹스러워지곤 했다. 원래부터 예인 세계를 좋아하던 라게쓰는 오토요의 잘못된 생각을 고쳐주고 싶었지만 그런 말을 하면 또 구구절절 '조상님 뵐 면목이' 어쩌고 할 게 뻔해, 일단은 이 대화를 넘기고 오토요를 달래주기 위해 이야기를 정리했다.

"어쨌든 내 생각엔 일단 젊은 시절에 방황해보는 게 더 낫단다. 조키치한테 오늘 밤이나 내일 밤 놀러 오라고 전해두려무나. 내가 마음을 돌려놓을 테니까, 뭐 그렇게 걱정할 필요 없어. 어차피 세상사 실제로 부딪쳐보면 생각했던 것보다 잘 풀리는 법이니."

오토요는 아무튼 잘 부탁한다며 오타키가 붙잡는 것도 뿌리치고 그대로 집을 나섰다. 봄 하늘의 저녁 해는 빨갛게 타오르며 아즈마 다리 건너편으로 기울어져 있었다. 그 덕에 꽃구경을 마치고 집으로 돌아가는 인파는 더 눈에 띄었다. 오토요는 사람들 속에서 금색 단추가 달린 교복을 입고 활기차게 걸어가는 학생들을 보다가 그 학생이 대학생인지 아닌지도 모르면서 우리 애도 저렇게 어엿한 학생으로 키우고 싶어 여태 몇 년이나 여자 몸으로 혼자 생계를 꾸려왔거늘, 지금은 무엇보다 가장 소중했던 희망의 빛이 전부 사라져버렸다고 생각하니 참을 수 없는 비통함에 빠지고 말았다. 오라비 라게쓰에게 부탁을 해보아도 역시 안심할 수 없었다. 오라비가 예전에 주색에 빠져 있었기 때문은 아니었다. 조키치의 마음을 잡는 것은 어차피 사람의 힘으로는 불가능한 일이며 신불의 힘을 빌리는 수밖에 없다는 생각이 들어서였다. 오토요는 인력거를 세우고 급히 가미나리몬에서 내렸다. 상점가가 혼잡하든 말든 두려워하지 않고 관음당으로 달려가 소원을 빈 다음, 오미쿠지*를 뽑아보았다. 낡은 종이에 목판으로 다음과 같이 인쇄되어 있었다.

제62 대길(大吉)

災轍時時退　　재난도 때때로 피해가며 운이 트일 것이며

名顯四方揚　　명예가 크게 천하로 알려질 것이며

---

* 신사나 절에서 참배인이 길흉을 점쳐보는 제비.

改故重乘祿　예전 일을 다시 고쳐 녹을 먹게 되며

昇高福自昌　입신양명하여 복이 스스로 차오를 것이다

바라는 것은 이미 이루어졌다 ○아픈 사람은 완쾌된다 ○잃어버린 물건은 나올 것이다 ○기다리던 사람이 올 것이다 ○집을 짓거나 이사하는 데에 지장이 없을 것이다 ○여행을 떠나기도 좋다 ○며느리나 사위를 들이기에도, 성년을 맞이하기에도, 사람을 챙겨주기에도 만사가 좋음

오토요는 '대길'이라는 글씨를 보고 안심했지만, 대길은 오히려 흉으로 바뀌기 쉽다는 말을 떠올리고는 속으로 온갖 무서운 생각이 드는 바람에 매우 지친 상태로 집으로 돌아갔다.

9

오후부터 가메이도의 류간 사 서원에서 하이카이 우수작을 고르는 모임이 있어서, 라게쓰는 오전에 자신을 찾아온 조키치와 밥을 먹은 후 고우메의 집을 출발하여 야나기시마 쪽을 가보자며 오시아게의 수로를 걸었다. 수로는 마침 물이 빠져 새까맣고 더러운 진흙 바닥이 보였고, 4월의 따뜻한 햇살은 도랑의 냄새를 강렬히 풍기게 했다. 출처를 알 수 없는 매연 검댕이 날아들고, 여기저기서 공장의 기계 소리가 들려왔다. 길가에 세워진 인가들은 길보다 조금 낮게 자리하고 있어, 봄의 햇살을 통해 어두컴컴한 집 안에서 부인들이 열심히 삯일을 하고 있는 모습이 그대로 다 보였다. 그런 작은 집들이 늘어선 길모퉁이의 판자벽에는 약을

판다든지 점을 봐준다는 광고들과 함께 여공을 모집한다는 종이가 여기 저기 붙어 있었다. 걸음을 돌려 조금 완만한 오르막길로 오르자 한쪽으로는 빨갛게 칠을 한 묘켄 사의 담과 그 맞은편에 보기 좋게 빛이 바랜 하시모토라는 요릿집의 판자 울타리가 보이며 우울하던 풍경이 단번에 달라졌다. 가난해 보이는 혼조* 1구는 여기에서 끝나고 널다리가 있는 강 쪽에는 들풀에 덮인 제방이 있었는데, 그 너머로는 가메이도의 밭과 나무숲이 봄의 아름다운 전원 풍경을 만들고 있었다. 라게쓰가 멈춰 섰다.

"내가 갈 절은 바로 저 건너편 강가에 있단다. 소나무 옆에 지붕이 보이는 곳 말이다."

"그럼 외삼촌, 여기서 실례하겠습니다." 조키치가 빠르게 인사했다.

"서두를 필요 없단다. 그래, 조키치. 목이 마르니 조금 쉬었다 가자."

빨갛게 칠해진 판자 울타리를 따라 걸으니 묘켄 사 문 앞에 갈대발을 두른 찻집이 있어 라게쓰가 먼저 자리를 잡고 앉았다. 일직선으로 이어진 수로는 여기서도 마찬가지로 물이 빠져 더러운 바닥을 보이고 있었지만, 저 멀리 밭 쪽에서 불어오는 바람이 꽤 상쾌했다. 그리고 덴진사마**를 모신 신사 입구의 기둥문이 보이는 맞은편 제방 위에는 버드나무가 새싹을 아름답게 피우고 있었다. 바로 뒤에 있는 절 문 지붕에서는 참새와 제비들이 쉬지 않고 지저귀고 있었다. 그 덕에 수많은 공장에서 연기가 피어오르는 가운데서도, 시가지에서 멀리 떨어져 한가로운 봄날 오후를 충분히 만끽할 수 있었다. 라게쓰는 잠시 주변을 둘러보다 자연스레 조키치의 얼굴을 바라보았다.

"방금 전 이야기는 이해했지?"

---

* 스미다구의 지명.
** 문신으로 추앙되는 스가와라노미치자네.

조키치는 마침 차를 마시려던 중이라 고개만 끄덕이고 소리 내어 답은 하지 않았다.

"어쨌든 1년만 더 참는 거다. 지금 다니는 학교만 졸업하면…… 어머니도 이제 늙었으니 그리 고집만 부리진 못할 게다."

조키치는 그저 고개만 끄덕이며 멍하니 저 멀리를 쳐다보았다. 물 빠진 수로에 세워둔 토선에서는 사람들이 둘씩 셋씩 움직이며 제방 건너편 공장 쪽으로 계속 흙을 나르고 있었다. 길 치고는 지나는 이 하나 없던 이쪽 벼랑에 갑자기 두 대의 인력거가 나타났다. 덴진 다리 쪽에서 달려온 인력거는 두 사람이 쉬고 있는 절 앞에서 멈춰 섰다. 아마도 성묘를 온 듯했다. 상인의 아내인 듯한 마루마게를 한 여자가 일고여덟 살 정도 되어 보이는 딸아이의 손을 잡고 문 안으로 들어갔다.

조키치는 라게쓰와 다리 위에서 헤어졌다.

"그럼……" 헤어질 때도 라게쓰는 또 한 번 걱정스럽다는 듯 말을 잠시 멈추었다가 다시 이었다. "싫어도 당분간은 참거라. 효도를 해두면 나쁠 건 없단다."

조키치는 모자를 벗고 가볍게 인사했다. 그리고 그대로 달릴 듯이 빠른 걸음으로 원래 왔던 오시아게 쪽을 향해 걸었다. 동시에 라게쓰의 모습도 새로 나온 잡초들로 덮인 강 건너 제방 그림자 속으로 사라졌다. 라게쓰는 예순이 다 될 때까지 오늘처럼 힘들고 괴로웠던 적이 없었다. 여동생 오토요가 자신에게 부탁한 것도 당연하다 싶었다. 그러면서도 조키치가 연극의 길을 가고 싶어 하는 것이 그리 나쁘게 보이지만은 않았다. 지렁이도 밟으면 꿈틀하는 법이니, 사람에게는 각자만의 성향이 있는 것이었다. 좋은 것이든 나쁜 것이든 뭐든 억지로 밀어붙이는 것은 좋지 않으니, 라게쓰는 진퇴유곡에 빠진 지금도 한쪽 편만을 들 수가 없었다. 특히 자신의 과거를 생각해보면 조키치의 속을 따로 묻지 않고서도 저 깊은 곳에서 하고 있을 생각까지도 확실하게 이해할 수 있었다. 젊은 시절, 부모님이 대를 이어 어두컴컴한 전당포 가게에 앉아 화창한 봄 날씨도 즐기지 못하고 일을 하던 모습이 얼마나 힘들고 한심해 보였던가. 흐릿한 등불 밑에서 거래장부에다 나가고 들어오는 돈을 적는 것보다, 강가에 있는 밝은 이층집에서 화류소설을 읽는 편이 더 재미있었다. 조키치는 수염을 기른 갑갑한 회사원이 되기보다 자신이 좋아하는 예술계 일을 하며 살고 싶다고 했다. 이렇게 살아도 인생이고 저렇게 살아도 인생이다. 하지만 라게쓰는 지금 그저 자신의 생각을 말해주는 위치에 서 있는 만큼, 자신의 생각을 다 드러낼 수는 없었다. 그래서 그의 어머니에게 했던 것과 마찬가지로 일단 마음을 편히 가지도록 말해주는 것 말고는 할 일이 없었다.

조키치는 어딜 가든 똑같이 가난해 보이는 혼조 거리를 터벅터벅 걷고 있었다. 지름길을 찾아내어 곧바로 이마도의 집으로 돌아갈 생각은 없었다. 그렇다고 어디라도 들러 놀다가 들어가고 싶지도 않았다. 조키치는 완벽하게 절망한 상태였다. 지금까지 배우 일을 하고 싶다는 자신의 뜻을 이루기 위해서는 동정심 깊은 고우메의 외숙에게 부탁하는 것만이 유일한 길이라 생각해왔다. 외숙이라면 분명히 자신을 도와주리라 생각했는데, 희망은 완벽하게 조키치를 배신했다. 외숙은 어머니처럼 격렬하게 반대하지는 않았지만 말로 듣는 것과 실제로 보는 건 다르다, 연극 일은 성공하기가 어렵다, 무대 생활은 힘들다, 그 세계에서는 사람을 사귀는 것도 번거롭다 등등의 이야기를 쭉 설명한 다음에 어머니의 마음을 알아달라는 둥, 꼭 외숙에게서 들을 필요도 없는 이미 알고 있는 이야기들만 잔뜩 늘어놓았다. 조키치는 사람이란 나이가 들면 젊은 시절에 경험했던 번민과 불안을 까맣게 잊고, 그 아래 세대의 처지는 신경도 쓰지 않으며 잔소리나 늘어놓는 편리한 존재라는 생각을 했다. 또한 나이를 먹은 사람과 젊은 사람 사이에는 도저히 통할 수 없는 어떤 괴리가 있다는 생각도 절실하게 들었다.

걷고 또 걸어도 길은 좁고 흙은 검고 젖어 있었다. 대부분의 길들이 마치 막다른 길인 것처럼 급하게 굽어 있었다. 이끼가 피어나 있는 널빤지 지붕, 삭아버린 제방, 기울어진 기둥, 더러운 판자벽, 넝마나 기저귀가 걸려 있는 모습, 나란히 늘어선 싸구려 과자와 세간 살림 등이 보이는 조그만 집들이 불규칙하게 쭉 이어져 있었다. 그사이 가끔씩 놀랄 정도로 커다란 대문이 보이면 그건 전부 공장이거나 기와지붕이 높은 절이었다. 절들은 대부분 황폐해져 쓰러진 울타리 사이로 뒤쪽의 무덤이 그대로 보였다. 다 함께 무너져버린 솔도파*와 푸른 이끼로 얼룩진 무덤의 비석들은 벼랑과의 경계를 무너뜨린 웅덩이처럼 생긴 호수로 빨려 들어가고 있었다. 무덤에는 당연하게도 새로운 꽃은 하나도 없었다. 오래된 호수에서는 아직 낮인데도 벌써부터 개구리 소리가 들려왔고, 다 말라버린 풀들은 작년부터 그랬던 것처럼 물속에 잠겨 썩어가고 있었다.

조키치는 길을 가다가 어떤 집에 걸려 있는 나카노고타케초라고 적혀 있는 마을 이름을 보았다. 그리고 바로 얼마 전에 읽었던 다메나가 슌스이**의『매화 달력』을 떠올렸다. 아, 불행하던 그 연인들은 이리도 으스스한 습지 마을에서 살았던 거구나. 주위를 둘러보니 이야기 속의 삽화

---

* 사리를 안치하는 탑.
** 爲永春水(1790～1844): 에도 시대 후기의 극작가. 작품에서는 서민들의 사랑을 주로 다뤘다.

와 비슷하게 생긴 대나무 울타리 집도 있었다. 대나무는 다 시들고, 뿌리는 벌레 먹은 상태라 밀면 그대로 쓰러질 것 같았다. 담의 일부분을 뜯어내 만든 작은 문에 달린 지붕에는 깡마른 버드나무가 간신히 초록 새싹을 보이며 줄기를 늘어뜨리고 있었다. 어느 겨울날 오후, 요네하치가 병에 걸린 단지로를 몰래 찾아갔던 곳도 이런 초라한 집의 대문 앞이었다. 한지로가 비가 내리던 밤, 괴담을 듣고 처음으로 오이토*의 손을 잡았던 곳도 이렇게 생긴 집의 한 칸 방에서였다. 조키치는 엄청난 황홀함과 비애를 느꼈다. 그 달콤하고도 부드럽고, 금세 냉담해지는 무심한 운명의 손에 희롱당하고 싶다는 끝없는 공상에 빠져버렸다. 공상의 날개를 펼칠수록 파란 봄 하늘이 전보다 더 파랗고 넓게 보였다. 멀리서부터 엿장수의 조선피리 소리가 들려왔다. 생각지도 않게 듣게 된 피리 소리는 기묘한 음색과 낮은 음조로 말할 수 없는 수심을 느끼게 했다.

조키치는 방금 전까지 가슴을 갑갑하게 했던 외숙에 대한 불만들을 잠시 잊었다. 현실의 번민을 잠시 잊었다……

10

날씨는 여름에서 가을로 바뀔 때와 똑같이, 봄에서 여름으로 넘어갈 때도 이따금씩 많은 비가 내리곤 했다. 센조쿠마치부터 요시와라 단포까지는 매년 그래왔던 것처럼 홍수가 났다. 혼조도 마찬가지로 곳곳마다 홍수가 나기 직전이라 라게쓰는 오토요가 사는 이마도 쪽은 어떻게

---

* 다메나가 슌스이의 작품 속에 등장하는 인물의 이름으로, 조키치의 소꿉친구 오이토와 동명이인이다.

되었는지 궁금하여 2, 3일이 지난 뒤 저녁에 볼일을 마치고 돌아오는 길에 들러보았다. 다행히 홍수는 나지 않았지만 그 대신 생각지도 못한 일이 벌어져 있어 라게쓰는 깜짝 놀랐다. 마침 조카 조키치가 들것에 실려 혼조 격리병원으로 실려 가고 있는 어수선한 상황이었다. 오토요는 조키치가 올해 처음으로 꺼낸 겹옷을 하나만 걸치고 센조쿠마치의 홍수를 보러 저녁부터 밤늦게까지 흙탕물 속을 돌아다니는 바람에 감기에 걸렸고, 그게 바로 장티푸스로 이어졌다는 의사의 설명을 그대로 전하며 울면서 들것을 따라가버렸다. 라게쓰는 어찌할 바를 모르고 오토요가 돌아올 때까지는 어쨌든 집을 지켜야 할 것 같아 집 안에 홀로 남았다.

집 안은 구청에서 나온 사람이 유황 연기와 석탄산으로 소독을 해서, 그야말로 대청소나 이사를 한 것처럼 어수선해져 있었다. 게다가 인기척조차 없어 더 허전해서 그런지, 장례식에서 관을 내보냈을 때와 비슷한 기분이 들었다. 세상을 피하는 것처럼 아직 해가 지지 않았는데도 덧문을 닫아둔 현관에 밤과 함께 강한 돌풍이 찾아와 집 안의 덧문을 덜컹덜컹하고 흔들어놓았다. 날씨는 왠지 쌀쌀했는데, 부엌문의 찢어진 장지문에서 방 안으로 들어온 바람이 안 그래도 흐릿한 천장의 램프를 꺼버릴 기세로 흔들자, 그때마다 검은 연기가 덮개를 가로막으며 정신 사납게 놓인 가구들의 그림자를 지저분한 다다미와 종이를 바른 벽 위로 움직이게 했다. 어딘지 이웃집에서 백만 편 염불* 소리가 문득 서글피 들려왔다. 라게쓰는 혼자 무료해하고 있었다. 심심했다. 왠지 허전하기도 했다. 이럴 땐 술을 마셔야 할 것 같아 부엌을 뒤져보았지만 여자 혼자 꾸리는 살림이다 보니 술잔이라곤 하나도 보이지 않았다. 현관의 창가까

---

* 나무아미타불을 백만 번 외는 불교 행사.

지 다가가 덧문을 슬쩍 열어보았다. 길 건너 건물에 등불은 보여도 술집 등불 같은 것은 하나도 없었다. 변두리 마을이다 보니 밤에는 거의 다들 문을 닫아둔 탓에 음침한 백만 편 염불 소리만 오히려 분명하게 들려올 뿐이었다. 강 쪽에서 강하게 불어오는 바람이 지붕 위의 전선을 요란스레 흔드는 가운데 별빛은 맑아 보여, 바람 부는 밤은 갑자기 겨울이 찾아온 듯 마음을 춥게 했다.

라게쓰는 하릴없이 덧문을 닫고 다시 멍하니 램프 아래에 앉아 담배를 계속 피우며 벽시계의 바늘이 움직이는 것을 바라보았다. 때때로 쥐가 엄청난 소리를 내며 천장 위를 달렸다. 라게쓰는 뭐라도 읽을 책이 없나 싶어 장롱 위와 서랍 안 여기저기를 뒤져보았다. 하지만 책이라고는 도키와즈 연습책과 낡은 달력밖에 없어, 결국 램프를 빼어 들고는 조키치가 쓰고 있는 2층까지 올라가보았다.

책상 위에는 책들이 몇 권이나 겹쳐져 있었다. 삼나무 판자로 만든 책장도 있었다. 라게쓰는 쌈지 속에 넣어두었던 노안경을 꺼내 먼저 신기하다는 듯 양장 교과서를 한 권씩 펼쳐보았다. 그런데 그 사이에서 무언가가 툭 하고 다다미 위로 떨어졌다. 무엇인지 주워보니 젊은 게이샤 차림을 한 오이토의 사진이었다. 원래대로 사진을 책 안에 넣어두고 또다시 주변에 있는 책들을 한 권씩 뒤지는 사이, 이번에는 한 통의 편지가 튀어나왔다. 편지는 끝까지 다 쓰지 못하고 중간에서 멈춘 것 같았는데, 종이가 찢어져 문장이 끊겨 있기는 했지만 남아 있는 글씨들만으로도 전체 내용을 충분히 파악할 수 있었다. 조키치는 오이토와 헤어지고 나니 처지가 서로 달라져 나날이 마음까지도 멀어지고 있다, 소꿉친구로 연을 맺었는데 나중에는 전혀 모르는 남남처럼 지내게 될 것이다, 가끔씩 마음이 내켜 편지를 주고받는다 해도 서로의 마음이 통하지 않을 거라며 모든 것을 원망하고 있었다. 또 그래서 배우나 예술인이 되어보려고 했으나 그 뜻도 이루지 못했고, 허망하게 이발소 집 기치의 행복을 부러워하며 매일 아무 목적도 없이 시간을 보내느라 지루하다, 지금은 자살할 용기도 없으니 병에 걸려서라도 죽고 싶다는 말들이 적혀 있었다.

라게쓰는 왠지 모르게 조키치가 홍수 속으로 들어가 병에 걸린 것이 고의로 한 행동이라는 생각과 동시에, 병이 다 나으리라는 희망이 완벽하게 사라지는 듯한 허망한 기분을 느꼈다. 어째서 그때 그렇게 마음에도 없는 말을 하여 조키치의 꿈을 막았는지 후회스럽기도 했다. 라게쓰는 자연스레 여자 때문에 방황하다가 부모에게 쫓겨났던 자신의 젊은 시절을 떠올렸다. 그리고 자신만은 뭐가 됐든 조키치의 편이 되어 조키치를 배우로 만든 다음에 오이토와 맺어줘야 한다, 그래야 대대로 이어 온 집안을 무너뜨리며 속세에서 고생을 한 보람을 느낄 수 있을 것이다, 그렇게 하지 못한다면 화류계에서 유명하다고 자처하는 스승 쇼후안 라게쓰라는 이름에 부끄러운 짓을 하는 것이라고 생각했다.

쥐가 또다시 돌연 천장 위를 뛰어다녔다. 바람은 아직 멎지 않았다. 램프는 끊임없이 흔들렸다. 라게쓰는 하얀 피부에 눈빛이 살아 있는 긴 얼굴의 조키치와, 입술에 애교가 있고 눈초리가 올라간 동그란 얼굴의 오이토가 함께 있는 젊고 아름다운 그 모습을 떠올리며, 풍속소설 작가가 권두화를 어떻게 할까 고민할 때처럼 몇 번이나 마음속에서 둘을 세워놓고 상상했다. 그리고 '어떤 열병에 걸린다 해도 죽어서는 안 된다, 조키치. 안심해라, 내가 곁에 있어줄 테니' 하고 마음속으로 외쳤다.

메이지 42년 8~10월 씀

에도 시대를 그리워한 20세기 작가, 나가이 가후

나가이 가후는 일본 메이지 시대부터 쇼와 시대에 걸쳐 활동한 소설가 겸 수필가로 집필 기간 동안 자연주의에서 탐미주의로 크게 방향을 틀며 센세이션을 불러일으켰다.

가후는 1897년 입시에 실패한 후 가족들과 함께 중국 상하이 여행을 다녀와 이듬해인 1898년에 여행기 『상하이 기행』을 발표하면서 본격적으로 집필 활동을 시작한다. 같은 시기 간다 히토쓰바시 고등상업학교 부속 도쿄외국어학교 중국어과에 입학하지만 중퇴했으며, 소설가가 되기 위해 히로쓰 류로(廣津柳浪)에게 사사한 이후 교세이 중학교의 야간 학교에서 프랑스어를 배우며 에밀 졸라의 자연주의 작품들에 큰 영감을 받았다. 이때의 영향으로 1902년에 집필한 『지옥의 꽃』이 모리 오가이(森鷗外)로부터 극찬을 받으며 세상의 주목을 받았다.

1903년 미국으로 건너가 2년 후에는 일본공사관에서 잠시 근무하기도 했으며, 1907년에는 프랑스에 10개월 동안 머무르며 은행 일을 하는 등 수년간 해외 생활을 경험했다. 한시 작가인 부친 규이치로 역시 프린스턴 대학과 보스턴 대학에서 유학을 경험한 엘리트였기 때문에 시대의 흐름을 그 누구보다도 빠르게, 또 가까이에서 느낄 수 있었다.

귀국 후 얼마간은 해외 생활에서 얻은 경험들을 활용해 다양한 작품들을 발표함으로써 단조로운 일본 자연주의 문학에 신선한 변화를 불러일으켰다. 그러나 날로 서구화되어가는 일본 사회를 바라보며 혐오감을 느끼게 됨에 따라 작품도 비판적인 방향으로 돌아서게 된다. 특히 1909년부터 『도쿄아사히신문』에 『냉소』를 연재, 1910년에는 잡지 『미타분가쿠』의 창간에 참여하면서 기존 자연주의에 대항하는 탐미주의로 기울었으며, 후에는 에도 시대 화류계에 대한 탐닉에 빠져들면서 수많은 화류소설을 남겼다.

『묵동기담』, 아름다웠던 과거를 그대로 박제하다

탐미주의 소설의 대표 격인 『묵동기담』은 1937년 발표된 작품으로 중년의 소설가 오에 다다스가 새로운 작품 『실종』을 구상하기 위해 스미다 강 근처를 배회하다가 갑작스레 쏟아진 소나기를 계기로 창부 오유키와 인연을 맺는 이야기를 담고 있다.

다다스는 실제로 화류계 여성들과 염문을 뿌리며 일본 문단에서 이단아 취급을 받던 나가이 가후의 자전적 인물이라고 할 수 있다. 다다스는 급속도로 서구화되는 화려한 긴자 거리를 피해 빈민촌을 즐겨 찾으며 '묵동(墨東)'으로 표현한 스미다 강 주변이야말로 옛 정취를 간직하고 있는 진정한 '일본적'인 장소라면서 18세기 에도 시대 문화에 대한 애착을

표한다. 에도 시대 일본인들은 불확실한 미래보다는 현재의 쾌락을 중시했으며 집을 마련하고 저축하는 대신 유곽을 찾고 예술을 즐기는 데 집중했다. 이에 따라 가부키, 우키요에, 스모 등 현재까지도 '일본의 전통적 이미지'를 상징하는 많은 문화들이 번성하게 됐다.

『묵동기담』은 다다스와 오유키의 만남 이외에도 옛 지인 고지로 소요 옹의 이야기를 들려주며 인맥과 유명세에만 집착하는 문단에 대해서도 신랄한 비판을 가한다.

화려한 긴자 거리와 소박한 유곽촌, 양장을 입은 수많은 유녀들과 그 사이에서 매우 드물게도 옛 스타일을 유지하고 있는 오유키, 야심이 가득하고 전투적인 문단 사람들과 홀로 묵묵히 예술을 즐기는 다다스…… 가후는 변화해가는 도쿄의 양면을 철저하게 대조시키며 옛것에 대한 예찬을 멈추지 않는다.

액자형으로 중간중간 삽입된 다다스의 작품 『실종』도 동일한 분위기를 유지하고 있다. 『실종』의 주인공 다네다 준페이는 50대의 중학교 영어 교사로 정년퇴임 이후 충동적으로 가족을 저버리고 집을 떠나게 된다. 다네다는 나이가 들수록 아내와 자녀들의 '소란스러움'에 적응하지 못하고 고립된 모습으로 등장한다. 그런데 다네다의 가족들이 그렇게까지 기행을 일삼는 인물들은 아니다. 아내 미쓰코가 종교 활동에 푹 빠진 것만 제외하면 장남 다메토시는 운동선수로 서양에 유학을 가고, 딸 요시코는 여학교를 졸업하자마자 활동사진 여배우로 데뷔하는 등 그 시절 일반적인 중산층의 삶을 누리고 있는 것처럼 보인다. 하지만 다네다는 본래부터 소심하고 사람 사귀는 데 서툰 성격이었기에 그들의 화려한 일상을 견디지 못했으며 퇴직수당을 받자마자 종적을 감춰버리는 것으로 소심한 복수를 한다.

다다스, 즉 가후는 『실종』의 결말까지 전부 들려주지는 않는다. 그러나 작품을 구상하는 장면들을 들여다보면 다네다는 가출 후 한때 집에서 하녀로 일하던 스미코의 집으로 들어가 도락에 빠지는 것으로 추정된다. 즉 다네다도 다다스, 가후와 마찬가지로 점차 서구화되고 빠르게 변화하는 세상 대신 옛것, 익숙한 것, 도락 등에 빠져드는 인물로 묘사될 예정이라는 것을 알 수 있다. 가후는 실제 본인과 『묵동기담』의 다다스, 다다스의 작품인 『실종』 속 다네다를 잇달아 보여주며 몇 겹에 걸쳐 옛것을 찬미하는 태도를 강조하고 있다.

다다스와 다네다는 완벽하게 동일한 인물은 아니다. 작품 후반부에서 다다스는 오유키가 말년을 함께 보내자는 이야기를 흘리자 "오유키는 지쳐버린 내 마음에 우연히 들어와 그리운 과거에 대한 환상을 떠올리게 하는 뮤즈"였고 그저 "세상에서 버림받은 한 늙은 작가의 아마도 마지막 작품이 될 초고를 완성시킨 신비로운 구원자"였을 뿐이라며 발길을 끊고 만다. 미래를 향해 앞으로 나아가는 대신 멈춰 서기를, 혹은 되돌아가기를 선택한 다다스의 태도는 미래보다 순간을 추구하던 에도 시대의 모습 그 자체를 상징하는 듯하다.

이렇듯 다다스는 오유키와의 새로운 미래를 거부하고 자신이 이상적이라고 생각하는 삶을 이어가기 위해 뒷걸음친다. 하지만 다네다는 자의와 상관없이 경찰에 의해 일탈을 마치고 가족의 품으로 돌아가야 하는 것으로 나온다. 두 인물 중 가후는 다네다보다는 다다스에 더 가까워 보인다. 비록 타의에 의한 것일지라도 다네다처럼 돌아갈 곳이 있는 것이 아니기 때문이다.

작품 속 다다스는 예전에 한 기녀에게 받은 편지글을 소개하면서 이렇게 말한다. (편지 속에 등장하는) "대나무장수네 근처 나루터도, 마쿠라 다리의 나루터도 지금은 흔적도 없이 다 사라져버렸다. 내 청춘의 흔적을 찾으려면 이제 어디로 가야 한단 말인가." 정말로 가후가 다다스를 통해 찬사를 쏟아붓던 전통문화와 정취들은 모두 '옛것'이 되어 사라지고 말았다. 그야말로 완벽한 인물로 묘사된 고지로 쇼요 옹조차 이제는 세상을 떠나고 없다. 오로지 자신만이 홀로 멈춰 서서 지나가는 모든 것들을 바라볼 때의 애상은 『묵동기담』과 가후의 탐미주의적 시선을 조금 더 특별하게 만들어준다.

　길게는 한 페이지 가득 이어지는 만연체의 문장들 역시 작품에 전반적으로 흐르는 탐미주의·풍류주의를 그대로 담아내고 있다. 마치 눈앞에 바로 펼쳐질 것처럼 강 위의 다리 하나하나, 골목 구석구석까지 세세하게 표현한 장면 묘사도 다다스의 시선을 통해 가후가 기억하고 싶었던 옛 정경을 그 자리에 박제하듯 모두 기록하고 있다.

　이렇듯 『묵동기담』은 철저하게 나가이 가후의 생각과 삶을 담으며 그야말로 '아름답게 멈춰 선' 시간의 정취를 기리는 수려한 작품이다.

이루지 못한 꿈과 사랑을 담백하게 그려낸 「스미다 강」

　가후가 탐미주의에 빠지기 전인 1909년 발표한 「스미다 강」은 『묵동기담』과 마찬가지로 스미다 강 주변 지역을 무대로 하고 있으나 동시대를 향한 강한 혐오감은 거의 느껴지지 않는다.

　『묵동기담』과 「스미다 강」은 한 작가가 동일하게 화류계와 관련된 이야기를 쓰면서도 서로 상반된 분위기와 문체를 취하고 있다는 점에서 매우 흥미로운 작품들이다. 『묵동기담』이 한 폭의 그림처럼 아름다운 장면을 정적으로 담아둔 작품이라면, 「스미다 강」은 한 편의 연극처럼 스토리의 흐름이 중심을 이루고 있는 작품이다. 문체 역시 화려한 만연체가 이어지는 『묵동기담』과 달리 비교적 간결하고 담백한 편이다.

도키와즈를 가르치는 오토요는 아들 조키치를 고등학교까지 보내고 버젓한 회사원으로 길러내기 위해 홀로 뒷바라지를 하고 있다. 그러나 조키치는 하이카이 작가인 외삼촌 쇼후안 라게쓰와 유녀 출신인 외숙모의 자유롭고 예술가적인 삶을 동경하고 있으며 소꿉친구이자 짝사랑하던 이웃집 오이토까지 게이샤가 되겠다고 나서자 공부에 대한 흥미를 모두 잃고 만다.

그러던 어느 날, 조키치는 우연히 들른 극장에서 서로 사랑하는 남녀가 영원한 사랑을 위해 함께 물속으로 들어가 자살하는 내용의 조루리를 관람한다. 이 조루리는 『묵동기담』의 등장인물 오에 다다스가 집필하던 소설 『실종』이 그랬듯 작품 안에 등장하며 작품의 인물들을 연상시키는 데 중요한 역할을 한다. 조키치는 조루리를 관람하며 서로 사랑하지만 헤어질 수밖에 없는 남녀 인물의 모습에 자신과 오이토의 모습을 겹쳐본다. 조루리가 다 끝난 후에도 극중 인물들에 대해 "원망스러울 정도로 부러웠다. 아무리 부러워한다 해도 어차피 따라잡을 수 없는 자신의 처지가 슬펐다. 죽는 게 차라리 나을 거라는 생각과 함께, 같이 죽어줄 사람이 없는 자신의 신세가 너무나도 처량하게 느껴졌다"면서 신분이 달라진 오이토를 원망하고, 공부를 해야 하는 자신의 신세를 한탄하기에 이른다.

조키치는 어머니의 바람과 달리 공부에는 그다지 큰 관심이 없었다. 군대와 비슷한 학교생활에 일종의 환멸을 느끼고 있었으며 어머나 외삼촌 등 주변을 둘러싼 예인들의 분위기 속에서 더 많은 안정감을 받았다. 외숙 라게쓰도 일찍부터 조키치의 소질을 간파하고 일류 종가에 제자로 들여보내 샤미센을 배우게 하도록 권유한 적이 있었다. 그러나 오토요는 오빠 라게쓰가 젊은 시절부터 화류계에 빠져 부모님이 운영하던 전당포를 이어받지 않고 의절한 채 칩거하며 지내던 모습을 보았기에 조키치가 예인이 되는 것을 절대 승낙하지 않았다. 오빠 대신 전당포를 물려받고 고생고생하며 키운 자식이 바로 조키치였기 때문이다. 그 바람에 오토요는 조키치가 샤미센을 만지면 심하게 잔소리를 하면서 만지지도 못하게 하였다.

조키치는 공부에 흥미를 잃은 후부터 틈날 때마다 "외숙 라게쓰의 말대로 그때부터 샤미센 연습을 계속했더라면 틀림없이 지금쯤은 어엿한 예인이 되어 있었을 것"이라며 "그랬다면 오이토가 게이샤가 된다 해도 이리 비참하게 여기지 않고 넘어갈 수도 있었을 것"이라고 후회한다. 또 "그야말로 돌이킬 수 없는 일" "인생의 방향을 아예 잘못 틀어버린 기분"이라며 어머니에 대한 원망을 키워간다.

조키치의 원망과 좌절은 극장에서 배우가 된 옛 친구 기치와 만나면서 더 증폭된다. 기치는 조키치가 어린 시절 시골마을 소학교를 다니던 때의 동창이다. 조키치는 기치가 아버지 일을 도와 이발소에서 일하면서 자신의 머리를 다듬어주었던 것을 떠올린다. 그랬던 친구가 이제는 화려한 비단 손수건에 고급 명주 코트까지 걸치고는 향수 냄새까지 풍기며 등장한 것이다. 배우 일을 하면 여자가 끊길 일이 없다. 게이샤들에 대해서는 다 알고 있다고 허세를 부리는 기치의 모습을 보며 조키치는 자신이 갖지 못한 것들에 대한 동경심과 미련을 버리지 못한다. 길거리를 거닐다가도 게이샤와 함께 걷는 성인 남성을 보면 자신이 오이토와 같은 길을 걷지 못해 가지지 못한 미래라고 생각하며 억울해한다.

그러는 사이, 오토요는 조키치의 마음을 잡기 위해 오빠 라게쓰의 도움을 구한다. 라게쓰는 젊을 때일수록 방황을 해보는 것이 좋다고 생각하지만 오토요가 극구 반대하자 조키치에게 어머니를 위해 졸업할 때까지만 참으라고 타이른다. 그러나 조키치는 젊은 시절 방탕하게 놀던 삼촌까지도 어머니와 같은 말을 하는 것을 보고 어른이 되는 것에 환멸감마저 느끼며 도리어 더 좌절하고 만다.

꿈도 사랑도 모두 좌절된 조키치는 이제 물에까지 빠지고 만다. 조루리 속 인물들은 영원한 사랑을 맹세하기 위해 뛰어든 것이었지만 조키치는 아니었다. 조키치는 그저 홍수로 불어난 물을 구경하러 갔다가 장티푸스에 걸려 몸져누운 것에 불과했다. 하지만 그 소식을 들은 라게쓰는 막연히 조키치가 일부러 홍수 속에 뛰어들어 병에 걸린 것이라는 추측을 하게 된다. 자신이 원하지 않는 미래 대신 뒤늦게나마 이루지 못한 것들을 되찾기 위해 조키치는 돌아올 수 없는 길을 선택한 것이다.

라게쓰는 조키치가 병원으로 실려간 사이 텅 빈 방을 둘러보다가 오이토에게 보내려고 쓰다 만 편지를 발견한다. 조키치는 편지에서도 내내 서로 달라진 처지와 그로 인해 앞으로 더 크게 달라질 인생에 대한 원망과 후회의 감정들을 쏟아내고 있다. 또 이제라도 배우나 예술인이 되어보려 했지만 집안의 반대로 이루지 못했으니 병에 걸려서라도 죽고 싶다는 말을 남겨두었다. 라게쓰는 그 편지를 읽고 그제야 조키치의 진심을 알게 된다. 그리고 조키치가 무사히 살아 돌아오면 배우로 만들고 오이토와 맺어주겠다고 다짐한다.

이렇듯 「스미다 강」은 시대적 혹은 장소적 배경과 관계없이 "자신만의 꿈을 이루고 싶어 하는 자녀와 더 윤택하고 안정적인 삶을 위해 다른 길을 선택하기를 바라는 부모의 충돌"이라는 언제 어디서든 존재했을 법한 평범한 갈등 양상을 담아내고 있다.

　가후 역시 진로를 둘러싸고 부친과 다소 갈등을 겪었던 것으로 알려져 있다. 특히 외국 유학 시절, 부친 규이치로는 가후가 사업가가 되길 바라는 마음에 실업을 배우도록 했으나 가후는 오페라, 연주회 등을 구경 다니는 것을 더 좋아했다. 귀국 후에도 화류계 출입을 일삼으며 가족과의 갈등이 심해졌다고 한다.

　결국 가후는 「스미다 강」을 통해 주변 사람들에게 자신이 하고 싶은 대로 내버려두지 않는다면 언젠가 큰 후회를 할 것이라는 메시지를 전달하고 있던 것은 아닐까? 또 본인이 한시 작가임에도 문학가가 되려는 아들을 탐탁지 않게 여기던 아버지를 보며 느꼈을 감정들은 작품 후반부의 라게쓰에 대한 조키치의 감정으로 대변돼 있다.

　가후 역시 조키치와 비슷하게 가족의 반대로 라쿠고 작가의 길을 접었으나 대신 소설과 에세이 등을 주로 집필하며 문학가로서 상당한 명예를 누렸다.

　작품이 곧 삶이요, 삶이 곧 작품이었던 작가

　1952년에 가후는 "온화하고 우아한 시정, 고매한 문학비평, 철저한 현실 조명 등을 고루 갖추어 수많은 걸작을 창출했을 뿐만 아니라 에도 시대 문학 연구, 외국문학 전파에 업적을 올리며 일본 근대문학사에 독자적인 발자취를 남겼다"는 평가와 함께 문화훈장을 받는다. 이어 1954년에는 일본 예술원 회원으로 선정되기도 했다.

　그러나 개인적으로는 수없이 많은 여성들과 만남과 이별을 반복하며 한곳에 정착하지 못했다. 가후는 그야말로 자유분방한 삶을 살았다. 그리고 예술을 찬미했다. 하지만 현실에 눈을 감지는 않았다. 또 비현실적인 이상론자도 아니었다. 그는 잘못된 일에 분노할 줄 알았고 일본 근대사를 둘러싼 수많은 사건들을 직접 보고 평가하고 판단할 줄 알았다. 다만 직접적으로 대항하지 않았을 뿐이었다.

1914년 작품이자 국내에는 『게다를 신고 어슬렁어슬렁』으로 소개된 『나막신(日和下駄)』에서 가후는 제국주의로 치닫는 일본 사회를 바라보며 "현대에 이르러 침묵은 죽음을 맞이했다"며 차라리 군국주의를 등지고 "그저 목적 없이 느릿느릿 걸으며 쓰고 싶은 것을 마음껏 쓰겠다"고 결심한다. 그리고 산책길에 나무, 강물, 석양을 품은 골목골목을 들여다보면서 근대화 풍조를 타고 하나둘 사라져가는 에도의 흔적을 그리워한다. 그러면서 자신만의 애국의 정의를 내린다. 애국은 자신이 나고 자란 땅의 미를 보호하는 것이라고 말이다.

가후는 1919년 발표한 작품 「불꽃놀이」에서도 비슷한 생각을 털어놓는다. 가후는 저 멀리서부터 들려오는 불꽃놀이 소리를 들으며 그날이 제1차 세계대전 승리를 기념하며 열린 '도쿄시 유럽전쟁 화해' 축제 당일이라는 것을 기억해낸다. 그리고 과거와 현재의 달라진 축제 풍습을 비교하면서 지나온 수많은 주요 정치 사건들을 회상한다.

가후는 현실이 부당하고 부조리하다는 것을 알고 있었다. 또한 치열하게 대항하는 사람들의 존재도 인지하고 있었다. 그러나 깨어 있는 의식보다도 강력한 무기력함이 그를 지배했다. 당시 일본 사회에 대해 그는 다음과 같이 지적한다. "일본은 미국의 개인주의 혹은 프랑스의 전통중시주의도 배우지 않은 채 그저 겉모습만 서구화하려고 애쓰고 있다." 이어서 본인의 작풍에 대해서도 부연 설명을 한다. "문학가로서 사상 문제에 입을 다물고 있을 수만은 없다. 졸라는 드레퓌스의 무죄를 믿고 옹호하다가 국외로 망명해야 했다. 그러나 나는 다른 문학가들과 마찬가지로 아무런 말도 하지 않고 있으며 양심의 가책을 느끼고 있다. 스스로가 문학가라는 사실에 대해 수치심마저 느꼈다. 이후 나는 내 예술 수준을 에도 시대 통속문학 작가로 낮추는 방법밖에 없다고 생각했다.”

그는 현실에 직접적으로 대항하지 않았다. 오히려 나아가려는 시대의 흐름에 역행하거나 퇴보하듯 옛것을 예찬하고 집착하기까지 했다. 그것은 회피 혹은 도피였으나 그의 삶을 고스란히 반영하는 나름의 대처법이기도 했다.

가후는 정형화되지 않은 독특한 인물이었다. 그는 전쟁 후 자금 융통이 차단돼 어쩔 수 없이 사촌동생, 지인 등과 함께 공동생활을 할 때도 동거인들과 생활 습관을 맞추지 않고 욕조에 냄새가 강한 피부약을 풀어놓는다든지 마당에 오줌을 누는 등 기괴한 행동을 일삼으며 갈등을 겪었다.

가후는 말년에 홀로 기거하면서 근처 식당에서 식사를 하는 것 외에는 집에 틀어박혀 외출도 하지 않았다. 그가 살던 집은 쓰레기장처럼 지저분했으며 병에 걸려 지인들이 의사를 소개해주어도 치료를 거부했다고 한다. 결국 그는 1959년 4월 30일 자택에서 숨진 채 발견된다. 사인은 위궤양에 따른 토혈과 심장마비였다.

타인, 사회, 세간의 시선이 어떠하든 하고 싶은 대로 행동하고 쓰고 싶은 글을 쓰는 자유로운 영혼의 소유자, 나가이 가후. 『묵동기담』과 「스미다 강」은 분위기와 문체가 사뭇 다르지만 이러한 가후의 삶의 모습을 가장 잘 대변하는 작품들이다.

작가 연보

1879	12월 3일 내무성 위생국 서리인 나가이 규이치로와 유학자 와시즈 기도의 차녀 쓰네의 장남으로 태어남. 출생지는 도쿄 고이시카와 구 가나토미초.
1883	2월 동생 데이지로가 태어나 시타야의 외갓집에서 지냄.
1884	도쿄여자사범학교 부속 유치원 입학.
1886	고이시카와의 집으로 돌아가 고히나타의 구로다 소학교 초등과에 입학.
1887	11월 동생 이사부로 태어남.
1889	4월 구로다 소학교 심상과 4학년 졸업.
	7월 도쿄부 심상사범학교 부속 소학교 고등과 입학.
1891	9월 간다 히토쓰바시 고등사범학교 부속 심상중학교(현재의 쓰쿠바 대학교 부속 중고등학교) 2학년으로 편입.
1896	아라키 지쿠오 아래로 들어가 샤쿠하치(퉁소와 비슷한 일본 전통 목관악기)를, 이와타니 쇼센에게서 한시 작법을 배움.
1897	2월 처음으로 유곽 요시와라에 출입함.
	중학교를 졸업하고 다이이치 고등학교 입학시험에 실패했으나 부

친 규이치로가 관직에서 물러나 일본 우선(郵船)회사에 입사해 상하이 지점장으로 부임하자 9월부터 11월까지 가족과 함께 상하이에서 지냄. 귀국 후 간다 히토쓰바시 고등상업학교 부속 도쿄외국어학교 중국어과에 임시로 입학.

1898   9월 소설 「발의 달(簾の月)」을 통해 히로쓰 류로에게 사사.

1899   1월 라쿠고 작가인 아사네보 무라쿠의 제자가 돼 산쇼테 유메노스케라는 이름으로 연예장에 진출하지만, 이 해 가을 부친에게 들켜 라쿠고 작가의 길을 단념. 대신 『요로즈쓰보(萬朝報)』의 소설 공모에 응모해 입선하는 등 습작 단편이 신문과 잡지 등에 게재.

12월 외국어학교 2학년에 제적당함.

1900   2월 부친 규이치로가 우선회사의 요코하마 지점장이 됨.

이와야 사자나미와 알게 되어 목요회 멤버로 참여.

또 가부키자의 작가 후쿠치 오우치에게 입문해 습작 연습 겸 박자를 넣는 공부를 함.

1901   4월 야마토신문사에 입사해 잡지기자로 활동. 소설 『신 매화달력(新梅ごよみ)』 연재.

9월 야마토신문사에서 해고당함. 프랑스어 공부 시작. 에밀 졸라의 작품을 읽고 감동을 받음.

1902   졸라이즘 작품 심화. 4월 소설 『야심(野心)』, 9월 소설 『지옥의 꽃(地獄の花)』 출간, 10월 소설 「신임지사(新任知事)」 발표.

1903   5월 소설 『꿈의 여인(夢の女)』 출간, 『오사카마이니치신문』에 에밀 졸라의 『인간 짐승La Bete bumaine』을 번안한 소설 『사랑과 칼날(戀と刃)』 연재.

9월 부친의 추천으로 미국 도항. 미국에서 고등학교를 다님.

1905   7월 워싱턴 일본공사관에서 임시직으로 근무. 10월 말 해고당함.

12월 부친의 소개로 요코하마정금은행 뉴욕 지점에서 근무.

1907	7월 아버지의 소개로 프랑스 요코하마정금은행 리옹 지점에서 근무.
1908	3월 은행을 그만두고 2개월 정도 파리에서 유람.
	7월 고베로 귀국.
	8월 소설 『아메리카 이야기(あめりか物語)』를 하쿠분칸(博文館)에서 출간.
1909	2월 소설 「스미다 강(すみだ川)」을 『신쇼세쓰(新小說)』에 게재.
	3월 소설집 『프랑스 이야기(ふらんす物語)』를 하쿠분칸에서 출간했으나 신고와 동시에 판매 금지 처분을 받음.
	9월 소설 『환락(歡樂)』 판매 금지.
	12월 『도쿄아사히신문』에 소설 『냉소(冷笑)』 연재.
1910	2월 모리 오가이, 우에다 빈의 추천으로 게이오기주쿠 대학 문학과 교수로 취임.
	5월 잡지 『미타분가쿠(三田文學)』 창간.
1912	9월 혼고(현재의 분쿄구)의 목재상 딸인 사이토 요네와 결혼.
	2월 희곡 「첩의 집(妾宅)」 발표.
	11월 소설 『신바시 야화(新橋夜話)』 출간.
1913	1월 부친 규이치로 별세.
	2월 아내 요네와 이혼. 야에지를 첩으로 들임.
	4월 번역시집 『산호집(珊瑚集)』 출간.
1914	8월 이시카와 사단지의 권유로 야에지와 결혼식을 올리며 친척들과 인연을 끊음. 『미타분가쿠』에 수필 『나막신(日和下駄)』 연재.
1915	1월 소설 『여름 모습(夏姿)』을 출간했으나 발매 금지 당함.
	2월 야에지와 이혼.
1916	3월 게이오 대학교를 그만두고 잡지 『미타분가쿠』에서 손을 뗌.
	4월에 잡지 『분메이(文明)』 창간. 이 잡지에 소설 『솜씨 겨루기(腕く

らべ)』연재.

5월 오쿠보 요초마치의 집으로 돌아가 방 하나에 단초테이(斷腸亭)라는 이름을 붙이고 기거.

9월 하타고초의 작은 집을 매입하고 별장으로 사용했으나 1개월 만에 매각하고 단초테이로 돌아옴.

1917   9월 고비키초의 집을 빌려 임시 거처로 삼음. 9월 16일부터 일기 『단초테이 일상(斷腸亭日乘)』 집필을 재개.

12월 『솜씨 겨루기』 출간.

1918   5월 잡지 『가게쓰(花月)』 창간.

12월 오쿠보 요초마치의 저택을 매각하고 교바시구 쓰키치로 이주.

슌요도(春陽堂)에서 『가후 전집(荷風全集)』(전 6권) 출간.

1919   12월 소설 「불꽃놀이(花火)」를 『가이조(改造)』에 발표.

1920   3월 문예평론집 『에도예술론(江戶藝術論)』, 4월 소설 『오카메자사(おかめ笹)』 출간.

5월 아자부 이치베초로 이주하며 헨키칸(偏奇館)이라 부름.

1926   8월 긴자 카페 타이거에 다니기 시작.

1927   『주오코론(中央公論)』에 수필 발표.

1931   10월 소설 「장마 전후(つゆのあとさき)」 발표.

1934   8월 소설 「그늘의 꽃(ひかげの花)」 발표.

1935   4월 수필집 『겨울 파리(冬の蠅)』 출간

1936   3월 무코지마의 사창굴인 다마노이에 다니기 시작.

1937   4월 소설 『묵동기담((濹東綺譚)』 출간. 『도쿄·오사카마이니치신문』에 연재(4월 16일~6월 15일).

9월 모친 쓰네 별세.

1938   5월 가극 각본 『가쓰시카 정담(葛飾情話)』 발표, 상연.

7월 소설 『모습(おもかげ)』 출간.

| 1944 | 3월 사촌 기네야 고소의 차남을 양자로 들임. |

1944   3월 사촌 기네야 고소의 차남을 양자로 들임.

1945   3월 도쿄 대공습으로 헨키칸 소실.

6월 아카시를 거쳐 오카야마로 단체 대피.

8월 오카야마 가쓰야마초에 대피해 있던 다니자키 준이치로를 찾아간 후 미카도초의 부난가로 돌아갔다가 종전 소식을 들음..

9월 아타미 와다항에 있던 사촌 기네야 고소의 집에서 기거.

1946   1월 사촌 기네야 고소와 함께 지바현 이치카와시(市) 스가노로 이사.

1947   1월 이치카와시 스가노의 고니시 시게야의 집에서 기거.

1948   3월 주오코론에서 『가후 전집』(전 24권) 출간. 12월 이치카와시 스가노의 18평 기와집을 구입하고 이주.

1952   11월 문화훈장 수훈.

1954   1월 일본 예술원 회원으로 선정.

1957   3월 이치카와시 야와타초로 이주.

1959   4월 30일 사망. 사인은 위궤양에 따른 토혈로 인한 질식사.

사후 이와나미쇼텐(岩波書店)에서 『가후 전집』(전 29권) 간행.

'대산세계문학총서'를 펴내며

2010년 12월 대산세계문학총서는 100권의 발간 권수를 기록하게 되었습니다. 대산세계문학총서의 발간은 앞으로도 계속될 것이고, 따라서 100이라는 숫자는 완결이 아니라 연결의 의미를 지니는 것이지만, 그 상징성을 깊이 음미하면서 발전적 전환을 모색해야 하는 계기가 된 것은 분명합니다.

대산세계문학총서를 처음 시작할 때의 기본적인 정신과 목표는 종래의 세계문학전집의 낡은 틀을 깨고 우리의 주체적인 관점과 능력을 바탕으로 세계문학의 외연을 넓힌다는 것, 이를 통해 세계문학을 바라보는 우리의 시각을 전환하고 이해를 깊이 해나갈 수 있도록 한다는 것이었다고 간추려 말할 수 있습니다. 그리고 궁극적으로는 우리의 인문학을 지속적으로 발전시켜나갈 수 있는 동력이 될 수 있기를 희망하는 것이었습니다. 이러한 기본 정신은 앞으로도 조금도 흩트리지 않고 지켜나갈 것입니다.

이 같은 정신을 토대로 대산세계문학총서는 새로운 변화의 물결 또한 외면하지 않고 적극 대응하고자 합니다. 세계화라는 바깥으로부터의 충격과 대한민국의 성장에 힘입은 주체적 위상 강화는 문화나 문학의 분야에서도 많은 성찰과 이를 바탕으로 한 발상의 전환을 요구하고 있습니다. 이제 세계문학이란 더 이상 일방적인 학습과 수용의 대상이 아니라 동등한 대화와 교류의 상대입니다. 이런 점에서 대산세계문학총서가 새롭게 표방하고자 하는 개방성과 대화성은 수동적 수용이 아니라 보다 높은 수준의 문화적 주체성 수립을 지향하는 것이며, 이것이 궁극적으로 한국문학과 문화의 세계화에 이바지하게 되리라고 믿습니다.

또한 안팎에서 밀려오는 변화의 물결에 감춰진 위험에 대해서도 우리는 주의를 게을리하지 말아야 할 것입니다. 표면적인 풍요와 번영의 이면에는 여전히, 아니 이제까지보다 더 위협적인 인간 정신의 황폐화라는 그늘이 짙게 드리워져 있는 것이 사실입니다. 대산세계문학총서는 이에 대항하는 정신의 마르지 않는 샘이 되고자 합니다.

'대산세계문학총서' 기획위원회

대 산 세 계 문 학 총 서